坊っちゃんの身代金

本江ユキ

宝島社

坊っちゃんの身代金

●一日目

人懐っこい笑顔で語りかけてくるが、正直、何を言っているのか全然わからなかった。

諦めたのか母国語の中国語で話し始め、それを聞いた優等生のガールフレンドが日本語に通訳してくる。

「彼は、お金をなくしました」

だったらもっと悲壮な表情をしろと思いつつ、日本語教師の金井夕香子《かないゆかこ》はパソコンのカメラに向けて大げさに驚いてみせた。目の前のモニターには中国人留学生の顔が並んでおり、両手を広げた教師のジェスチャーに笑いを返してくる。授業開始時の雑談はこれでイケるなと思いながら、夕香子は出欠を取り終えた。

今年の春から火曜、水曜がオンライン授業となり、留学生たちは自室での受講を喜んでいるようだった。情報端末に慣れ親しむことを目標としての取り組みである。通勤時間がかからないので、早起きが苦手な夕香子もオンライン授業は大歓迎で、上半身だけをオフィスカジュアルに整えてパソコンに向かっている状況だった。

さっそくお金を落とした顚末《てんまつ》を語らせようと、趙季立《ちょうきりつ》を指名する。中国人留学生の氏名は日本語の音読みで呼ぶこととなっていて、入学して四ヶ月目の彼らは、母国とは違う呼びかけにもだいぶ慣れてきた様子だった。

「趙季立さん、お金をなくしたんですか？」

「はい」

続く返事を待ったが、勉強に不真面目な彼は日本語がなかなか出てこなかった。いつどこでを言える程度はとっくに習得済みだから、デキのいい子なら簡単な感想を述べ、これから気をつけますなど反省の弁を加えて会話をまとめられるだろう。

そこまでは期待していなかったが、皆の前で沈黙を長引かせるのも気の毒である。夕香子は何か発言させようと、彼でも理解できそうな単語で質問してみた。

「いくら、ですか？」

「二百。悲しいです」

小銭だが、金持ちほど一円単位まで大切にするものだ。二百円ですか、それは残念ですねと返事をすると、ふたりは必死に手を振ってくる。彼氏の発言を待ちきれなかったのか、まずはガールフレンドが夕香子の間違いを訂正してきた。

「違います。二百万円です。おとといの夜、お酒の店でなくしました」

「え、ちょっと待って。現金で二百万円ですか？」

「はい。悲しいです。でも、仕方ない」

習得語彙《ごい》の少ない趙季立は、同じ形容詞をくり返す。確かに落とした現金は戻ってこないものだが、仕方がないとあっさり諦められる金額ではないだろう。少なくとも非常勤の薄給にあえぐ夕香子にとっては、身を切られるような大金である。もしかしてなくしてそれっきりかと、ぼう然としながらその後の対応を聞いてみた。

「警察に行きましたか」

「行きません。警察、コワイ」

「お父さんに、言いましたか?」

「はい、父、叱《しか》りました。でも、仕方ない」

親の金だからか、あまり気にしている様子はない。

趙季立はもっと語ろうとして口を開けたが、やはり日本語はひとつも出てこなかった。諦めたのか再び中国語で話し始め、日本語学校以外に大学受験向けの塾にも通っている王萌佳《おうもえか》が、得意げに通訳を続けてくる。

「もう諦めました。落とした自分が悪い、と言っています」

「でも大金ですよ。すごい多い。警察に行ったほうがいいです」

「落とした現金、戻りません。無駄です」

「もしかしたら戻るかもしれません。今日の帰りに警察へ行ったらどうですか。日本人は真面目で親切ですから、警察に届いているかもしれません」

「無駄です。現金ですから。仕方がないです」

まるで自分がなくしたように、夕香子はもったいないを繰り返してしまった。外国籍の留学生たちのほうが現実を理解しているようで、夕香子のしつこさを笑っているような気がする。

ようやく自分のセコさを自覚した夕香子だが、もう少し事情を知りたかった。超金持ちのお坊ちゃんがどうして札束を持ち歩いたのか、日本語を話したがっているガールフレンドに向けて聞いてみる。

彼女はモニター越しに趙季立に話しかけ、返ってきた言葉を必死に知っている日本語に置き換える。そんな優等生を、まだまだ日本語のおぼつかないクラスメートたちはまぶしげに眺めていた。

「不動産屋に払うお金でした。銀行で下ろして、カバンに入れたまま、彼はお酒を飲みに行きました」

「どんなお店に行きましたか。居酒屋ですか」

「違います。若い人ばかり。踊る場所もあります。そこで知り合った人たちと話をして、カバンの中を見せたそうです」

クラブらしいが、気がついたら現金がなくなっていたとのこと。バカかお前はというコメントは控え、引っ越しのお金ですかと聞いてみた。

来週から夏休みである。

来日してまだ四ヶ月目なのに引っ越すのかと、少し気になった。何かトラブルがあったのなら事務に報告すべきだと、パソコンのスピーカーに耳を近づける。

またも中国語でのやり取りが行われ、ようやくガールフレンドが視線をこちらに向けてきた。ほかのクラスメートたちは飽き始めていたが、会話相手を決めるのは教師の特権だと、心で謝りつつ発言をうながす。

「そうですね。最初に払うお金です」

敷金礼金かと思ったが、ひとり暮らしの部屋に二百万円は高すぎる。そんな感想を先読みしたように、王萌佳がスマホで検索した単語を述べてきた。

「手付金ですね。彼はマンションを買ってもらいます。中古ですけど」

絶句する。

留学する子どものために、日本にマンションを買う親の話はニュースで知っていたが、受け持ちの学生にいるとは思わなかった。金持ちの坊っちゃんだと聞いていたが、趙季立の親は桁違いの成金らしい。

母国にいる親が、息子の口座に手付金を送金したのだろう。さっさと不動産屋に直行すべきなのに、こいつは札束をカバンに入れて友人と飲みに行ったのだ。

まあ、そんな感じの青年ではある。

全然勉強せず、遅刻も忘れ物も多い。二台持ちのスマホの一台を机の上に出しっぱなしで帰ったこともある、ガードの甘い劣等生なのだ。

ただ、金持ち特有のおっとりとした品の良さはある。

嫌なことや苦労とは無縁で育ってきたのだろうなと、モニター越しに目を合わせた。

質問すれば何でも教えてくれそうな坊っちゃんに、購入予定のマンションについて少し聞いてみることにした。

「マンションは、どこにありますか」

「大塚《おおつか》」

「駅から歩いて何分ぐらいですか」

「五分ぐらい」

「何階にありますか。部屋はいくつありますか」

「八階。ふたつです」

もう四ヶ月も勉強しているのに、坊っちゃんは単語だけで答えてくる。自分の質問が単純すぎるのだが、初心者と会話を弾ませるテクニックでもあるのだ。

さてそろそろいちばん興味のある値段を聞くかと、夕香子はズバリ切り込んだ。

「いくらのマンションですか」

「六千万円です」

いいなあ。

そんな本音を漏らさず、そうですかとだけ返事をする。聞くだけ聞いたので会話を終わらせようとしたが、趙季立は中国語でガールフレンドに語りかけた。

話し終えた坊っちゃんが、妙に得意げな顔をしている。

王萌佳は少し困った顔をしたが、仕方がないかという感じに通訳を始めた。

「あと、一億円ぐらいのマンションを二つ買うそうです。合計三つですね」

淡々と語るガールフレンドも、裕福な家庭の娘さんである。彼はお金持ちですねといたずらっぽく笑ったが、それほど驚いてはいなかった。

またも、そうですかという返事しかできない。

息子用にひとつ、残り二つは投資用で、三つのマンションを一括で購入するとのこと。授業で語らせていい話題じゃなかったかなと反省したが、クラスメートたちは騒ぎもせずおとなしく聞いていた。

なるほど、二百万円を諦められるわけだ。

ああ、そのクラブに一緒に行きたかったと、夕香子は本気で思ってしまった。

趙季立は酔ってカバンを置いたまま、トイレにでも行ったのだろうか。暗がりでサッとカバンから金を取り出して店を出てしまえば、もう足はつかない。濡れ手に粟《あわ》で大金を手に入れた不埒《ふらち》なヤツが、本当にねたましかった。

「王さん、通訳をありがとう。会話が上手になりましたね」

「いいえ、まだまだです」

「彼氏に注意してくださいね。日本にも悪い人はたくさんいますから」

「はい。気をつけます。今度は絶対にさせません。現金は持たないほうがいいと、私、もう注意しました」

未来の嫁候補は、きっぱりと言い切る。

どうしてこのふたりが付き合うことになったのか不思議だが、ダメな男が好きだという優等生女子は案外いるのだ。夕香子の友人にもそんなカップルがいたが、ダメ男を叱るのが楽しいと身悶《みもだ》えしていた。ごめんなさいと上目づかいに見上げられるのが、たまらないのだという。彼女に叱られた趙季立も、今後は現金を持ち歩かないと上目づかいのカメラ目線で言ってきた。

なるほど、気分がいい。

そのほうがいいと答えつつも、少し残念な気もする。

どうせならガードが甘いまま、卒業までこの学校で過ごして欲しい。そして札束を教室に落としていってくれと、教師にあるまじき考えを抱いてしまった。

現金なら、拾ってしまえばわからないもんね。

しかし、最近の若者はスマホで支払いするのだ。自分だって支払いはスイカの電子マネーしか使っていないし、現金に触れる機会はめっきり少なくなっていた。サイフは持ち歩いていないし、今日の所持金も定期入れに入ってる二千円だけである。

そんな時代かと、教科書を開く。

「では、授業を始めましょう」

夕香子はカメラに向けて語りかけた。今週が終われば夏休みということもあり、普段以上にやる気が薄い。すでにライブ映像を停止し、名前だけの静止画に切り替えている学生もいた。顔を出せと注意すべきなのだが、マンション話に気を抜かれたせいか、夕香子のやる気も少し萎えていた。

今日の課はわりと簡単だし、後半は時間が余るだろう。なんとなくダレてしまった雰囲気の中で文法を導入するより、先にフリートークでもするかとモニターを見回す。

趙季立と目が合った。

いつもなら顔を下げてスマホで遊んでいるのに、めずらしいこともあるものだと夕香子は笑顔を向ける。マンション購入自慢で機嫌がいいのなら、もっと語らせてやるかと再び彼を指名した。

「趙季立さんの中国の家は、いくつ、部屋がありますか」

「七つ」

思ったより少ない数字に、ガールフレンドが中国語で叱りつけた。それから七というのは家の数だと訂正してくる。ならば別荘が六つかと聞いてみたが、日本語のおぼつかない富豪の坊っちゃんはスマホを操作し始めた。

「これです。見てください」

カメラに向けられたスマホのモニターには、豪邸が表示されていた。ベラベラとスクロールした先に、海から撮影された小島が出てくる。遊びに行ったのかと聞くと、自分のだと鼻を指差す。どこかの国名を口にしているようだが中国語なのでわからず、夕香子が口にしたイタリアやスペインというカタカナは彼には通じなかった。

ここまでくると妬む気にもなれず、画像の端に写り込んでいるクルーザーも個人資産だろうなとため息が出た。これが日本の学校なら微妙な雰囲気になるのだろうが、中国人クラスメートは囃《はや》し立てもせず、やり取りを眺めているだけだった。

我関せずのお国柄がありがたい。とりあえず写真を見せてくれたことに礼を言ったが、坊っちゃんは満足げにうなずくだけ。その貴族っぷりに脱力し、もう授業に戻ろうと夕香子は教科書のページを確認する。

顔をパソコンに戻すと、趙季立は消えていた。

堂々としたサボりっぷりであり、ガールフレンドも苦笑するしかないようだ。今日はもう終了とばかり、ノートパソコンを半分だけ閉じて去っていったようである。オンライン授業用のアプリは起動したままで、下向きになったカメラはパソコンのタッチパッドと机の一部を映していた。

カメラをオフにするだけで良かったのにと呆《あき》れつつ、いろんな物が映り込んでいる机を夕香子は眺めた。坊っちゃんのハイスペックマシーンはレンズの性能も素晴らしく、細かな書き文字までしっかり読み取れてしまった。

そこにふと、ポストイットを見つける。数字とアルファベットの羅列は、何かのログインIDだろうか。次の行は丸で囲んだPの文字から始まっていて、パスワードだなと夕香子は目を細める。

ゲーム好きでアニメ好き。それゆえ日本を留学先に選んだ坊っちゃんだから、たぶんオンラインゲームのログインに使うものだ。そう思いながらも、夕香子はそっと録画ボタンをクリックした。そして操作を間違えたふりをして、趙季立の画面を大写しにする。

判別できそうなことを確認してから元に戻し、一部のマジメな生徒だけに向けた退屈な授業を終えた。

再就職が上手くいかず、とりあえず取得したのが日本語教師の資格である。中年のおばさんでも退職後のおじいさんでも、非常勤なら勤め先があると友人に聞かされたのだ。

四大卒なら誰でもなれるというハードルの低さと、非常勤ならば働く曜日と時間に融通が利《き》くという条件も悪くない。手に職を増やすのはいいことだし、老後の収入源にもなるのならと半年ほど養成講座に通ったのである。

週四日、午後のみの勤務という職を得て、一年ほどが過ぎていた。

準備が大変なわりに薄給なのはこたえたが、教室で好きに喋《しゃべ》っていればいいという職場は予想よりは心地よかった。

なぜ日本を留学先に選んだのですか。

新学期にはそんな質問をするわけだが、ゲームやアニメを理由にする返答が多かった。そんなオタクな学生は熱心に授業を聞いてくれるのだが、そうではない学生は近場で安いから来たと正直に言う。

本国での受験戦争に負けて、仕方ないから日本へ行けと親に送り出されたご子息たちである。彼らは外国語習得には全然興味がなく、親元を離れた自由な生活を謳歌《おうか》していた。

趙季立もその一人である。

近所にはたくさんの中国人が住んでいるし、美容院もケータリングも中国人経営者の店を選べば、日本語を話さなくても生活できると教えてくれたのも彼だった。

教科書の日本語は全然ダメだが、お喋りは大好きで、自分がいかに楽しく異国で過ごしているかを自慢げに語ってくる。

「今日の夜は何を食べますか？」

「家で食べます。配達です。チャーハンです」

「ああ、ウーバーですね」

「違う。これです。こっちが便利。私たち中国人のための店」

そう言いながら、画面に向けてスマホを見せつけてくる。漢字だらけのアイコンが並んでいるが、ほぼすべてが日本在住の中国人向けサービスとのこと。なんとなく想像がつく漢字とアイコンとを眺め、すごいなと夕香子は素直に感心した。

異国で好き勝手するんじゃないと思わないでもないが、もはや外国籍の人々のバイタリティーには勝てない気がしている。外国人の在住者が増えているのは知っていたが、彼らだけをターゲットにしたマーケットのほうが景気がいいのかもしれない。

もちろん、そんな金満家《きんまんか》向けのサービスを利用できず、ギリギリの学生生活を送る留学生もたくさんいる。半額の惣菜《そうざい》がうれしいとか、百円均一の店でしか買い物をしていないと、覚えた日本語を使って恥ずかしそうに話してくれる。

しかしお金持ちのほうがイベントに行ったりなど何かと話題が多く、どうしても声が大きくなる。つつましい生活を送る苦学生たちは単調な話の内容に引け目を感じ、次第に遠慮がちになってしまうのだ。

非正規で貧乏な夕香子は彼ら苦学生にシンパシーを感じているのだが、あからさまに贔屓《ひいき》するわけにはいかない。公平に接しているつもりだが、目新しい話を持ち出してくるのはお金持ちであり、ほとんどの内容は彼らの経済行動である。昨今の国力の差もあり、派手な金づかいに驚かされることも多かった。

その驚きを報告する相手が、同棲している大原啓治《おおはらけいじ》である。質素なおかずが並んだ座卓に向かい合い、夕香子は昼間の授業で聞き取った趙季立の顚末を語り始めた。

「ねえ、二百万円をなくしても平気でいられる?」

「おまえ、そんな大金をなくしたのか。どうすんだよ。俺も金はねえぞ」

「私じゃないわよ。私の教え子が現金を持ち歩いて、気がついたらなかったんだって」

「バカじゃねえの。それ、絶対に出てこないぞ。何やってんだよ、そいつ」

啓治は、自分の金をなくしたように怒った。

これが普通の反応だよなと、夕香子は缶ビールをひと口飲んでうなずく。

ふたりとも、ちょうど三十歳。

そしてともに非正規のアルバイトである。

学生時代にボードゲームのサークルで知り合い、四年間を親しく過ごした。就職後にやや疎遠になったが、三年前の飲み会で再会し、なんとなく付き合い始めた。再会当時はふたりとも正規の会社員で、それなりに気取ったデートを繰り返していた。しかし先に夕香子が女性上司と揉《も》めて退職し、引きずられるように啓治も会社を辞めた。不安定な身分となり、生活費を折半するために同棲することにしたのである。

「しかし国力の差が憎たらしいな。二百万円なんて、夕香子の年収を超えてるだろ」

「啓治だって、似たような金額じゃない」

「今はそうだけど、俺は去年までは年収五百万だから」

「去年じゃなくて、一昨年でしょ。会社辞めて、もう一年半が過ぎたんだから」

「そうだっけ。早いな。どうりで貯金の残高が少ないって思ってた」

「昔の年収を語っても仕方ないでしょ。私だって四百万円は超えてたし」

「ふたり合わせれば、世帯年収一千万円に届きそうだったんだよな。いまは半分以下か。ヤバイよなあ」

三十路《みそじ》同士の会話として情けなく、ふたりは顔を合わせてため息をつく。

いったん正社員の身分を失うと、落ちぶれるのは早い。再就職も思うように行かず、貯金の目減りは勢いを増している。夕香子は三百万円ほど残っているが、啓治はもう残高を教えてくれなかった。たぶん数十万というところだろう。

「いいなあ、チャイナ。もう追いつけないっていうか。そいつ、どんな顔してんだ?」

「見せてあげる。オンラインの授業、録画したから」

アルコールの勢いもあり、ちょっと笑ってやろうと授業冒頭の動画を再生した。お金をなくして悲しい、仕方ないを連呼する趙季立のカメラ目線に、盛り上がりつつもうらやましさが隠せない。

「このヴィトンのデニムジャケット、本物かな」

「社長の息子だもん、本物よ。検索したら三十万円ぐらいだった」

「ニセモノにしか見えないし、なんか似合ってねえよな。俺のほうが着こなせるし、ヴィトンも喜ぶだろうに」

テレアポのアルバイトにヴィトンは似合わない、という返事は控えた。それよりも、このジャケットを売ればいくらになるかというセコい考えがつい浮かんでしまう。

「酒の席で脱ぎ忘れても、趙季立くんなら悲しいで終わりそうね」

「そっか。このヴィトン、古着屋に売ればいくらになるんだろう」

「追《お》い剝《は》ぎの親分みたいなこと言わないでよ。でも十万円はいくんじゃないかな」

飲み会やろうぜと啓治がテンションを上げる。クレジットカードでも落としてくれないかなと続け、暗証番号がわからなきゃ使えないかとつぶやかれたところで、夕香子はポストイットの録画を思い出した。

「そうそう、ちょっとコレ見て」

動画を早送りし、趙季立のノートパソコンが半閉じされたところで一時停止する。

「中途半端に閉じたせいか、会議用アプリが起動したままだったのよ」

オンライン中のカメラの無防備さを話題にするつもりだった。けっこうハッキリ映っちゃうのよねと、夕香子はモニターのポストイットを指差す。天地が逆向きに映されているが、英数字の羅列はどれも判別可能だった。

「最近のカメラって恐いよね。こんな細かい文字まで読めちゃうんだもん」

「ホントだ。バカだな、ちゃんと閉じればよかったのに」

「便利だけど、油断できないわよね。思わぬものが映っちゃうというか」

ごちゃついた机の上には、メモ書きも散らばっていた。全部は映っていないが、漢字の一部から企業名も推測できる。メモの下にはクリアファイルが置かれており、他人に見せてはいけないような数字も書きこまれていた。

ずいぶんな情報を入手しちゃったなと、夕香子は少し申し訳なく思う。録画はすぐに消すからねと坊っちゃんに謝りながらも、視線はモニターから離せなかった。

「啓治ってパスワードはサイトごとに変えてる？　それとも同じ？」

「つい同じにしちゃうかな。数字を足したりすることもあるけど、逆にログインできなくなって焦ったこともある」

同じ経験は夕香子にもあった。サイトおすすめの難解なパスワードにしたこともあったが、忘れたら何かあったときに困ると馴染《なじ》みのモノに戻していた。アプリの自動入力機能に頼る方法もあるのだが、いまいち信じきれず使い回ししている状況である。

「やっぱり紙に書いちゃうわよね。彼もそうしてるみたいだし」

「だからって、パソコンに貼り付けておくのは危ないだろ。現にこうして、センセイにバレちゃってるわけだし」

「そういう坊っちゃんなのよ。ガードが甘いというか。まあ、ひとり暮らしってこともあるんだろうけど」

だから啓治も、ビデオ通話の背景には気をつけてねと注意する。はいおしまいとパソコンを閉じようとしたが、ちょっと待てと持ち上げられた。そのまま反転させ、ポストイットの数字とアルファベットを読み上げる。

「何のIDだろ。パスワードまで揃《そろ》ったんだから、これでログインできるってことか」

「どうせゲームでしょ。オンラインのかな。いつも話題に出るんだけど、私はあまり詳しくないのよね」

「ゲーム名、わかんないかな。坊っちゃんの課金でたっぷり遊べるかも」

悪知恵にあきれたが、できなくはないのかと夕香子も気がつく。啓治はさらに調子づき、思わぬ欲を口にした。

「もしかして、銀行のログインにもこのパスワードを使ってたりして」

「バカね。さすがの坊っちゃんだって、ゲームだけに決まってる。ふざけたこと言わないで」

「それにしては、きっちり作り込んでるぜ。大文字小文字も交じってるし、数字も途中に挟み込んでる。コレ、絶対に使い回してるって」

機械オンチのくせに、欲に駆られた思い込みだけは曲げないのが嘆かわしい。

「ごめん、つまんないモノを見せた私が悪かった。忘れてちょうだい。言っておくけど、銀行のネット取引は履歴が残るから」

「引き落とそうなんて考えてないって。でも二百万円を無くしても平気な坊っちゃんなんだろ。いくらぐらい口座に入っているのか、興味があるというか」

下手に返事をすると長引きそうなので、夕香子は黙って再生を終えた。

パソコンをシャットダウンしテレビに切り替え、飲み続ける啓治を残して風呂へと向かう。翌日の授業に備えて先にベッドに入ったが、啓治はいつまでもリビングのソファに寝っ転がったままだった。

●二日目

翌朝、というより昼近い時間。啓治は妙に静かだった。

普段は寝起きから騒がしいだけに、黙ったままコーヒーを飲まれると夕香子のほうが落ち着かなくなる。

「今日のテレアポのバイトって、三時からだったよね。ごはん作っておく?」

「いや、いらん。腹が減ったら自分でなんか作るよ」

「へえ、めずらしいわね」

「料理するのはけっこう好きなんだよ。洗い物がめんどうなだけ」

バイトと言うとへそを曲げるのだが、今日の啓治は怒るでもなく素直に返事をする。よくよく見れば口もとが緩んでおり、突っつけばすぐにこぼれそうな気配があった。

「なによ。ひとりで楽しまないで、私にも教えなさいよ」

その質問を待ってたとばかりに、目を細めて破顔《はがん》した。

こんな機嫌の良さは久しぶりである。

「昨日のヤツ、わかっちゃった。すげえな、中国のボンボンは。残高の桁が違う。子どもにあんな金額を与えちゃいけないだろ」

「それって、趙季立の銀行残高ってこと？」

「悪い。夕香子が寝たあとでパソコンを立ち上げて、画像のパスワードをメモっちゃった。本当に使い回してるんだから、あの坊っちゃんも困ったもんだよな」

啓治のノートパソコンは三ヶ月前に故障し、以来スマホとタブレットしか使っていなかった。案外それで事足りてしまい、必要なときだけ夕香子のを借用していたのだ。

「でもネットバンキングのログインには、お客様番号が必要じゃない。ポストイットのＩＤは英字が交じってたから違うでしょ」

「机の上はきれいに片付けておけって、坊っちゃんに言っておけ」

録画に映り込んでいた、クリアファイル内の紙に書かれていたらしい。

そんな偶然が許されていいのかと啞然《あぜん》としたが、啓治は幸運を味方にたどりつけてしまったようだ。

授業の録画が原因かと、夕香子は顔を青くした。

「悪いことはしてないわよね。自分の口座に振り込むとか」

「それは無理だ。お金を動かすには、もうひと段階必要だから。最後になんか確認用のパスワードを入力するだろ。それがありませんでした」

残念そうに言うあたり、試してみたらしい。

いったい誰の口座に振り込もうとしたのか。

振り込み先の口座からあっさり犯人にたどり着いてしまうのがわからないのかと、夕香子は同棲相手を睨《にら》んだ。

しかし啓治は悪びれもせず、覗《のぞ》きの結果を報告する。

「ワンタイム何とかがないから、手出しはできなかった。だから入出金を見てみただけ。いやあ、うらやましいよ。十万円単位の買い物がたくさんあった。ポイントもたくさん貯まってるんだろうな」

最後の感想がセコいが、夕香子も興味がないわけではない。大富豪ご子息の通帳を見てみたくなり、昨夜からテーブルに載せたままのノートパソコンを立ち上げた。

「なんだよ、おまえも見たいんだ。人を非難したくせに」

「私は指導者として確認するだけ」

「でもログインの形跡は残るぜ」

「大丈夫。テストを返却しても、全然見ないでカバンに突っ込んじゃう子だから。口座のお金も使い放題だろうし、いちいちログインのチェックなんかしないでしょ。で、どこの銀行なの？」

いつの間に書き写したのか、啓治がノートの切れ端を差し出してくる。センセイ、ヤバイよという揶揄《やゆ》を振り切り、夕香子はキーボードを叩《たた》く。指を震わせてログインボタンをクリックすると、趙季立さまという文字が目に飛び込んできた。

「やだ、信じられない。これ、本当に本物なの？」

「本物っすよ。正直、昨夜は俺もビビった」

「オンラインで室内を見せるのも考えものね」

「注意してやれよ。悪いおじさんおばさんに覗かれちゃうよって」

「私たちも気をつけないと。ＳＮＳにやたら写真を上げないように、学生に言わなくちゃ」

きちんとした言葉とは裏腹に、夕香子は入出金画面をどんどんスクロールさせた。

ほぼ毎日、数百円、数千円の引き落としがある。外食ばかりと言っていたが、確かにそれっぽい店名がずらりと並んでいた。ドット文字のカタカナは読みにくく、外国籍の人間には判別しづらいだろうとの感想を夕香子は持つ。特に中国人はカタカナが苦手で、趙季立はいつも零点だった。

夏休みが近いせいか、最近は贅沢《ぜいたく》な買い物も多い。

しかし六桁の引き落としがあっても、残高はびくともしなかった。

当然である。

口座の右端には、九桁の数字が並び続けているのだ。

「信じられないよな。留学生の普通口座に億の残高だぜ」

「マンションを買うって言ってたから、そのお金だと思う。親御さんが一時的に息子の口座を借りたって感じかしら」

「外国人が日本の不動産を買ってるってのは、ニュースで見たことがある。すげえ、一括で払っちゃうんだ」

「らしいわね。子供のために大塚に一部屋、あと投資用に二つ購入だったかな」

「それで三億円か。うらやましい限りだな」

お父さん、息子さんを信用しすぎよと注意したくなる。

ガードの甘さは家系なのかと心配になってきた。マンション購入までの一時預かりにしても、趙季立の口座は危険がいっぱいの気がする。

「三万円ぐらい引き落としても、全然わかんないよな」

「謙虚ね。二百万円の現金をあきらめる坊っちゃんだよ」

「強欲だな。お前はこの口座から、百万円単位を引き落としちゃうのかよ」

「冗談よ。でも十数万円ならわからなさそうね。最近はそれくらいの買い物が続いているし」

つい本音が漏れた。

いけない妄想を断ち切るようにログアウトし、時計を確認する。今日は対面授業なので学校へ行かなければならず、そろそろ出かける必要がある。

「このおぼっちゃまくんは、どこに住んでいるんだっけ」

「今は池袋《いけぶくろ》の賃貸マンションよ。家賃は二十万円ぐらいとか。昨日の動画に映っていた部屋がそうね」

「机の引き出しを開けたら、最終確認用のトークンが入ってたりして」

啓治が夢見心地に言ってくる。

ピンときた夕香子は、貴重品がしまってある棚にチラリと目をやった。小引き出しの中には、自分の口座開設時に銀行から送られてきた、名刺よりも小さなそれが入っている。

「トークンって、本人確認のパスワードを表示させる機械のことよね。数字が十秒ぐらいで切り替わるヤツ」

「ああ。それさえあればなあ」

銀行口座からネット経由でお金を振り込む場合、最後にワンタイムパスワードの入力を求められることがほとんどである。不正防止のための一回限り有効な数字であり、それが入力できなければお金は移動不可能。啓治が坊っちゃんの口座に手出しできなかったのも、最後のワンタイムパスワードを入力できなかったからである。

逆を言えば、坊っちゃんのトークンさえあれば振り込みが実行できた。

啓治が残念そうに愚痴《ぐち》る気持ちがわからなくもなく、それは教師というか人間として失格かと照れが浮かんだ。

そんな夕香子の内心を見透かしたように、啓治がニヤつきながら見上げてくる。

「センセイ、家庭訪問とかしないの？」

「いい加減にして。確かにネタを振ったのは私だけど、のめり込みすぎはよくない。手出しできるわけじゃないし、考えすぎはよくないわよ」

「はいはい、すいませんでした」

とはいえ、夕香子も多少の未練は感じていた。

何の苦労もなく札束を手にしたラッキーな盗っ人がいるのだから、自分らだってという欲が復活してくる。

家庭訪問もアリかな。学生だし貴重品は机の引き出しに入れている気がする。ひとりでは何もできないが、啓治となら連携してその中を探れそうだ。銀行のトークンは手に握れば隠れてしまう小さな機械だから、難なく盗めるだろう。

それがあれば、彼の口座の金をいじれる。

いけない想像を楽しみつつ、夕香子は遅刻ギリギリの学校へと急いだ。

教室で本人を目の前にすると、シミュレーションを試してみたくなる。

本日の雑談のお題は自分の部屋ということにして、数人に室内の様子を語らせてみた。アマゾンでベッドを買ったとか、日本にいるおじさんにテーブルをもらったなど、微笑ましい発表を夕香子は大げさに褒めてあげた。

いい具合に教室が温まったところで、趙季立を名指しする。日本語がまだまだ苦手な彼は、こぶしを握って身構えていた。

「お部屋には、どんな家具がありますか」

「ベッド、冷蔵庫、電子レンジ」

「机はありませんか」

ないと答えられ、夕香子は録画映像を思い浮かべる。半閉じにされたパソコンのカメラが写していたのは、座卓らしい。机の引き出しの中にトークンがしまってあると踏んでいただけに、あてが外れた夕香子は少し焦り、どうでもいい質問で会話を引き伸ばした。

「どこで勉強しますか」

「私、勉強しません」

皆が笑った。受けたと思ったのか、趙季立の機嫌が良くなる。

このまま語らせてやれと、夕香子は会話の練習を装って探りを続けた。

「教科書はどこに置きますか。本棚かな」

「カバンの中。出しません。勉強しないから」

爆笑。このノリを逃すまいと、夕香子は質問をたたみかける。

どうせ劣等生、こちらの意図などわかるはずがない。

「カードとか通帳とか、大切なものは、どこにしまいますか?」

「これの中。これに入れます」

ジェスチャーでまず大きめの長方形を示し、何かを引くような仕草を見せてくれた。

引き出し付きの棚があるらしい。部屋に行けばすぐに見つけられそうだと考えながらも、笑顔をキープして会話を続けた。

「そうですね。小さなモノはなくすと大変です。引き出しに入れましょう。趙季立さん、すごいです。たくさん喋ることができました。もう少し頑張りますか」

ガールフレンドの助けを借りずに答えられたのが嬉《うれ》しいらしく、こくりとうなずいた。

さっきまでは緊張で身構えていたが、今は期待に目が輝いていた。

ガンガン、話させてやろう。

日本人のお友だちが来訪するというシチュエーションを与え、誘ったり時間を決めたりする会話を進めていく。坊っちゃんは興奮気味に、お客を玄関で出迎え、室内に招き入れる会話のやり取りをこなした。

だいたい把握できたが、念のためと夕香子は定期用スイカを手にする。

「このカードを預かってください。一万円をチャージしたばかりなので、落とすと困りますから」

「はい。じゃあ、棚の引き出しに入れますね。小さいですから」

やはりそこかと、坊っちゃんの素直さが気の毒になる。

さっきのやり取りをちゃんと記憶していたのだ。その調子で勉強すれば成績も上がるだろうにと惜しみつつ、貴重品をしまっておく棚のことをさりげなく聞いてみた。

「すてきな棚ですね。何色ですか」

「白です。ネットで買いました」

「いくらでしたか」

「三十万円です」

さすが成金。高級な家具の値段に、苦学生がため息をつく。

目的の棚を把握した夕香子は、そろそろいいかと締めにかかった。

「よくできました。すてきな部屋ですね。見てみたいです」

「センセイ、私の部屋、見に来てください」

「本当に、行ってもいいですか」

「はい、もちろんです」

「ひとりじゃ寂しいので、友だちと一緒でもいいですか」

「はい、もちろんです」

もしかしたら、まだ会話の練習だと思っているのかもしれない。ニコニコと返事をする趙季立に、今週の日曜日の午後はどうですかと約束をせまった。

「二時ぐらいに、部屋に行ってもいいですか」

「はい、大丈夫です。二時ですね。お待ちしております」

「敬語が上手ですね。よくできました」

褒められた趙季立は、小さくガッツポーズを繰り出す。隣に座っていたガールフレンドの王は、授業中に具体的な約束を取りつけた日本語教師を怪訝《けげん》な表情で見つめていた。

教務室に戻り、夕香子は連絡ノートに授業の内容を書き込む。

そしてよく発言した生徒として、趙季立の名前を記入した。それを横から覗き込んだ同僚の大八木《おおやぎ》マサミが、あらめずらしいと話しかけてくる。

「彼、いつも寝てばかりじゃない。注意しても直らないのよね」

「興味のある話題には乗ってきますよ。ゲームとか、マンガとかアニメとか」

「私、そっち系って苦手なのよね。最近、アニメ好きの留学生が増えちゃって対応に苦労するわ」

「わかります。下手にキャラクターの名前とか口にすると、ワイワイ騒ぎ出しちゃって。収拾がつかなくなるんですよね」

「じゃあ今日も、アニメの話だったのね」

いや、室内の様子を語らせまくりました。

そしてお部屋に遊びに行く約束をしちゃったんですよ。

そんなことを言えるわけもなく、夕香子は曖昧にごまかす。笑いをこらえた口元にマサミは目ざとく気づき、何のアニメと聞いてきた。

「私はよくわからないんですけど、ヒーローとか、学校とか言ってたかな」

「アニメなんて、ヒーローと学校だらけじゃない」

「ですよね。なんか変身して、特殊な能力を磨いて、戦うってヤツです」

「そうなんだ。ねえ、趙季立さんがお金をなくしたって話、聞いてる？」

マサミが声をひそめ、体を寄せてきた。

ボリュームのある肉体と質問の内容に、圧迫感がありすぎる。

「ええ、まあ。お金持ちのせいか、あまり気にしてないようですね」

「いくらだと思う？」

「さあ。マサミ先生、ご存知なんですか」

キョロキョロと周囲を見回す。

非常勤のブースには、ふたりのほかに誰もいなかった。正規教員の席は半分が埋まっているが、コピー機を挟んで距離が離れている。こちらの声は聞こえないと確認したマサミは、さらにグイグイと体を押し付けてきた。

「驚かないでね。二百万円よ」

「え、ウソ。本当に？」

知っていても、驚くのがマナーである。

夕香子の反応に満足したマサミは、ヒソヒソと秘密を共有するように話を続けた。

「警察に行きなさいって指示したんだけど、行かないって駄々こねるの。平気なのって聞いても、仕方ありませんだって」

「信じられない。親御さんに叱られなかったのかな」

「趙季立さんのお父さんって、会社を経営してるのよ。大連《だいれん》だったかな。水産業で輸出もしてて。すさまじいお金持ちなんですって」

マサミが上目づかいで見つめてくる。彼女も坊っちゃんの成金っぷりに興味を持ったらしく、いろいろ聞き込んだらしい。マンション購入話も出るかなと身構えたが、三億円という金額が彼女の口から出ることはなかった。

残高を知っているのは自分だけかと、夕香子は気分良く雑談を続ける。

「それで諦められるってことか。うらやましい限りですね。うちは田舎の貧乏な一般家庭ですし、百円玉を落としても探しまくりです」

「私だってそうよ。でもラッキーよね、拾った人。うらやましいというか憎たらしいというか。学校でも落としてくれないかしら」

「いいですね。私が拾ったら、マサミ先生に半分あげちゃいます」

「あら、嬉しい。じゃ、私もそうする」

ウインクをしたようだが、マサミの一重まぶたは両方とも閉じられてしまった。こうやるのよとウインクを返してもいいのだが、夕香子の瞳はクリっとした二重である。先輩に挑発《ちょうはつ》と受け取られてはたまらないので、にっこりと笑顔を返すだけにとどめた。

拾っても、マサミはくれないだろう。

二百万円をゲットしたヤツは、どうしたのかと考える。独り占めだったのか、それとも複数で分けたのだろうか。

趙季立の口座には、三億円を超える金があるのだ。

ふたりで分けたら、一億五千万円。

三人なら、ちょうど一億円。

四人で分けたら、七千五百万円。億じゃなくなっちゃうんだ。

そこまで考え、バカバカしいと夕香子は苦笑した。

「お疲れさまでした。もうすぐ夏休みですね」

「困るのよね。非常勤は収入がなくなっちゃうから。夕香子さんもそうでしょ」

「お互い大変ですよね。じゃ、お先に失礼します」

いつもと同じく貧乏を嘆いたあいさつを交わして、夕香子は学校を後にした。

赤羽《あかばね》の古マンションに帰宅し、ひと息ついてから夕香子はスマホを取り出した。

クラスの連絡網としてラインを使っており、悩みごとや質問を受け付けている。よく遅刻する趙季立からは、こっそりと個人アカウント宛てに侘《わ》びの連絡が入ることも多かった。

何回も見逃してやってよかったと、趙季立の個人宛てに確認の文面を打ち込む。

『本当に、日曜日、部屋に行ってもいいですか？』

学生に甘い夕香子は、彼らから好かれていた。

実際は叱るのが面倒くさいだけなのだが、そんな教師の機微が学生に伝わることはない。優等生には見抜かれているようだが、塾でさらに難しい勉強をしている彼らにとっても、内職を許してくれる教師はありがたい存在のようだった。

しばらく待つと、返信が来る。

『大丈夫です。二時にお待ちしております』

授業で褒められた敬語をふたたび使ってくる。末尾に笑顔の絵文字が添えられていて、いけないセンセイを歓迎してくれるようだ。住所を教えてもらい、よろしくねと返信してラインのやり取りを終了した。

本来なら校舎以外の場所で学生と会うのは厳禁なのだが、バレなければどうということはない。もし発覚しても、偶然池袋で会ってちょっとお茶にお呼ばれしたと言えば、たぶん許してもらえるだろう。

無遅刻無欠勤で毎日マジメに働いている。

生徒からの評判もいいのだから大丈夫だと気合を入れ、啓治に坊っちゃんとの日曜日の約束を話してやった。

「さすが夕香子！　正直、諦めてたんだけどな。いい加減にしろとか叱られたし」

「というか、彼の無防備さが心配なのよ。本当にコロッとだまされちゃうのか、確認しに行くって感じかな」

苦しい言い訳を述べてしまうのは、まだ少しのためらいが残っているせいか。そんな夕香子の良心の呵責《かしやく》にまったく気づかず、啓治はガッツポーズで舞い上がる。

「いやあ、楽しみだな。桁違いの成金ぼっちゃんのお部屋を見に行けるなんて。夕香子センセ、ありがとう」

「バレそうだったらやめること。約束したからね」

「大丈夫です。国際交流に行くんですから。彼だって生きた日本語に接することができるんだし、お互いウィンウィンってやつですよ」

これだけ喜ばれると、つい良いことをしたような気分になってしまう。

悪いことをしに行くのに。

いや、ちゃんと悪いことを完遂《かんすい》できるとは限らない。

怪しいと感じさせたらすぐに撤退することを、啓治にはキツく言い含めておいた。

「将来は日本で働きたいとか言ってるから、会社員時代の話でもして、楽しませてあげて」

「任せてくれ。久しぶりにスーツでも着ようかな」

「スーツはいいから散髪してきて。襟足の長い営業マンなんて、怪しすぎるでしょ」

「会社を辞めちゃうと、髪型なんてどうでも良くなるよな。そんなに伸びてるかな」

「肩に届きそう。たまにはちゃんとした美容院に行ってきなさい。社長の息子宅にお呼ばれなんだし、正社員って紹介するんだから」

「わかったよ。あーあ、お互いそろそろ正社員に戻りたいよな」

情けない願望を口にして、啓治は出掛けて行った。

二時間後、こざっぱりとして帰ってきた啓治に、夕香子は趙季立の室内の様子を語ってやった。自分らが通されるだろうリビングには、座卓と棚が置かれてある。意外に家具が少ないのは、そのうちに購入予定のマンションへ引っ越すからだろう。

「その白い棚が怪しいんだな」

「わかんないけどね。でも大事な物はそこに入れるって言ってた」

「そこまでわかれば楽勝だよ。ヤバイな、本当に成功しちゃうような気がしてきた」

引き出しを開ける仕草を見せた彼氏に、夕香子はしつこく釘《くぎ》を刺す。

「もし手に入っても、三万円以上はダメよ。引き落とすのは一回だけって、絶対に約束して」

「はいはい、指切り。あさってか。待ちきれないな」

「違うって。今日は木曜日だから、あと三日ね」

「カウントするってことは、夕香子も楽しみにしてるんだな」

違うと否定したが、つい顔が赤らむ。

そんな自分を戒《いまし》め、浮かれる啓治を叱りながら日曜日までを過ごした。

●五日目

時間どおりに池袋のマンションを訪ねると、趙季立がにこやかに迎えてくれた。廊下と台所を通って十畳ほどのリビングに入ると、なぜかガールフレンドの王萌佳も座っている。眼光鋭い優等生の同席に夕香子は焦ったが、サラリーマン役の啓治が朗々《ろうろう》とあいさつを述べ始めた。

意外な度胸に感心し、夕香子も落ち着きを取り戻す。目当ての白い棚は壁に接して置かれていて、小引き出しは上部に三つ並んでいるだけだった。無駄に視線を向けないよう気を配りながら、ふたりは勧められたクッションに腰を下ろす。

「彼は学生時代の友人で、サヤマサトルさん。あなたたちは日本の会社で働きたいのよね。サヤマさんにいろいろ質問してみてください」

偽名での紹介だが、今日限りである。

もともとは家電メーカーの営業マンだっただけに、啓治は人を楽しませるのが得意だった。二年前まで勤めていた会社名を一流どころのものに差し替えたが、留学生は信じてくれた。すごいカッコいいと連発されて少し気が引けたが、営業話だけは本物だから、それなりに説得力はある。

生きた日本語での交流に、留学生ふたりは目を輝かせていた。

啓治は伊達《だて》めがねを掛け、ビジネスマンの休日っぽいファッションに身を包んでいた。一応はハンサムの部類に入るだけに、王萌佳もいつの間にか表情をほころばせている。

「話、おもしろいです。もっと聞きたい。サヤマさん、ビール飲みませんか」

「いやいや、そんなお気を使わなくても」

「冷蔵庫に二本しかありません。ごめんなさい、すぐに買ってきます」

「いつもどおりの宅配にすればいいのに。三十分ぐらいで届くでしょう」

「コンビニ、すぐです。そのほうが早い」

人をもてなすのが好きらしく、趙季立はスマホを手に玄関へ向かう。

ひとり残されるのを嫌った王萌佳も一緒に出ていった。

願ってもないチャンスができてしまった。

啓治はすぐに立ち上がり白い棚の引き出しを開け、あっさりと銀行口座のトークンを見つけてしまう。

「ヤバイ、これだよな。本当にあるとは思わなかった」

「大丈夫かな。ちょっと恐くなってきた」

「いまさらだろ。ちょっと試すだけ。三万円って約束は絶対に守る」

「でも、バレたらどうしよう」

「なんなら三千円でもいいし、直前でのストップも可能。あれだけ毎日引き落としがあるんだから、一回だけ変なのが交じってもバレやしないって」

本当にいいのかと、迷いが生じる。

それ以上に、この場面で彼らに戻られたらマズイとの思いも強い。

早く決断しなければと、夕香子は焦る。

トークンは手に握れば隠れてしまう小さなモノであり、明日の対面授業時にそっとカバンに戻すのは簡単だろう。ならば自分の手元に彼のトークンがあるのは、ほんの一日だけ。再来週から夏休みが始まるし、一ヶ月は留学生と顔を合わせなくても済む。

だったらと、夕香子は顔を上げる。

ガチャリとカギが開く音がした。

啓治は、握りしめたトークンをポケットに入れる。

もう後戻りはできない。

「おかえりなさい。ごめんなさいね、暑いのに歩いてもらって」

「ふたりはお客さんですから。ほら、冷たいですよ」

大切なトークンを盗まれたとは思いもせず、趙季立はどうぞどうぞと缶ビールを差し出してくる。視線には親しみが込められており、それを受け止めた夕香子はすぐ返すからねと心の中で謝った。

隣に座る啓治は計画が成功したことでテンションが高く、盗賊のお頭のように缶をかかげる。

「じゃあ、カンパイ。今日は本当にありがとう」

中国ではガンベイだと王萌佳が教えてくれた。ボクは小学校の頃からビールを飲んでいたと趙季立が語ってくる。夕食も一緒に食べましょうと誘われたが、やるべきことを終えた啓治にさっきまでの愛想はなくなっていた。

急ピッチで缶ビール二本を飲み干し、ふたりは用事があるからと立ち上がる。

「また来てください。サヤマさんはいい人です」

「おう、またな。おまえらも勉強、頑張れよ」

素をさらした男の言葉づかいに、一人だけジュースを飲んでいた王萌佳が目を細める。

この窃盗が最悪な夏休みをむかえる発端になるとは、思いもよらなかった。

マンションのある赤羽駅で降りる。

上機嫌を隠せない啓治は、もっと飲もうとスーパーに立ち寄った。いつもなら十円単位での節約を心がけるのだが、気にせずポイポイと刺し身や惣菜をかごに入れていく。定価で惣菜を購入するなんていつ以来だろうかと、夕香子は後ろをついて回った。

アルコール売り場で少し悩み、あまり調子に乗るのもよくないと思ったのか、啓治は缶チューハイに手を伸ばす。

「シャンパンでも買うのかと思った」

「なんだよ、その贅沢は。夕香子のほうが舞い上がってるじゃん」

振り返った啓治は、共犯者に向けて意味ありげに笑った。注意を繰り返そうかと思ったが、坊っちゃんの部屋に案内したのは自分である。それを指摘されれば返す言葉もなく、言い争いも避けられない。

「今日だけよ。明日にはこっそり返すんだから」

「わかってます。やっぱシャンパンにしようかな」

夕香子は伸ばした啓治の手を叩き、いつもどおりの缶チューハイをかごに入れた。

啓治は部屋に入るなり、テーブルの上のノートパソコンを立ち上げた。昨夜のメモを見ながら趙季立の口座にログインし、残高にため息をつく。

夕香子は飲み物と惣菜をテーブルに並べようとしたが、パソコンに何かあったら大変だと床に置いた。今の経済状況では買い替えも難しいし、口座へのイタズラが未遂で終われば、さっきまでの苦労が水の泡となってしまう。

「三一四、八六七、九九三円か」

「昨日の夜にも引き落としがある。食べ物屋みたいだけど、四千円か。その次の十六万円って、なんだろ」

「想像もつかない。ホント景気のいい使いっぷりだな。ご両親はチェックしないのかよ」

「さあね。上の三桁しか見てないんじゃないの」

自分の月収以上を一回で使われ、なんとなく頭にくる。

啓治はポケットから、戦利品のトークンを取り出した。

「じゃあ夕香子さん宛てに、三万円お振り込みいたしますよ」

「ちょっと待ってよ。私の口座はやめて。啓治のにして。じゃなかったら警察に言うから」

「わかったよ。そのために偽名を使ったんだよな。忘れてた」

「それに切りのいい数字より、ちょっと端数があったほうが引き落としっぽいわよ」

「冴えてるなあ。俺はそこまで気が回らなかったよ」

少し考えてから、二万九千八百円と予定より値引いた金額を打ち込んだ。

「なんだ、サンキュッパにするかと思った」

「強欲だな。趙季立くんに申し訳ないと思わないのか」

「さっきの買い物、けっこうかかったのよ。払ったのも私の電子マネーからだし」

「でも三万円って約束だから。欲張るとバチが当たるぞ」

妙なところで約束を持ち出し、啓治は振り込み作業を始めた。自分の口座番号を入力するとオオハラケイジという本名が画面に現れ、さすがにためらったようである。

指を止めた彼氏に、外人はカタカナが苦手だから大丈夫だと後押ししてやった。

最後の本人確認として、ワンタイムパスワードの入力を求められる。

ゴクリとつばを飲んでから、啓治はトークンの液晶に表示された六つの数字を入力し、実行ボタンをクリックした。

画面を切り替えて、振り込み後の残高を確認する。
三一四、八三八、一九三円。
三万円弱の引き落としではびくともしない数値を、啓治と無言で見つめる。

「え、成功？ 本当に？」

「俺のカタカナ名が最後にあるし、引き落とし額もそのとおりだ」

「ちょっと口座を確認してみてよ」

啓治はスマホを操作して、入金を確認する。

残高の最後の行が、たった今の振り込み金額と一致していた。

「本当に入ってる。なんか、あっけないっていうか」

「もっと、ヒャッハーって感じになるかと期待してたよ」

「申し訳ないけど、あんまり盗んだって感じがしないわね」

「そうだな」

啓治はじっとスマホを見つめていた。

それからトークンと、パソコンのモニターに交互に視線を向ける。

いやな予感を覚えた夕香子は、小さく薄っぺらい機械を取り上げた。すぐにポケットにしまい、さらなる犯行を踏みとどまらせるために声を低める。

「はい、もうおしまい。一回限りって約束だからね」

「そうなんだけど、でもさ、ほら、数字は全然変わってないし」

「だからサンキュッパにしなさいって言ったのに。残念でした。一万円を取り損なったわね」

本当だよと同意したが、啓治はそれほど惜しそうな顔をしていない。

ふたりにとって一万円は大金なのだが、ずいぶん大人しいなと思いつつ夕香子はポケットのトークンを握りしめる。

「どうすんの、それ」

「明日は対面授業だから。そっと趙季立のカバンに戻しておく」

「あっそ。あんだけドキドキして盗ってきたのにな。まあ仕方ないか」

あっさりと引き下がったのが、意外だった。

約束だもんなと言いながら啓治はパソコンをシャットダウンし、床に置いていた惣菜をかいがいしくテーブルに並べ始めた。

ふたりで食べながらも、啓治はもう窃盗を話題にしなかった。夕香子が坊っちゃんの買い物件数に驚いて見せても、反応は薄い。食べ終わった惣菜パッケージを啓治は片付け、水洗いまでしてゴミ袋に入れた。

ずぼらな男のお手伝いっぷりが怪しいが、しつこく絡んで機嫌を損ねたくない。そういえばとパスワードなどを書いたメモ書きを探したが、どこにも見当たらなかった。

パッケージと一緒に捨てたのか。

それともまだ啓治が持っているのか。

確認して破り捨てるべきなのだが、なんとなく話しかけづらい。それに趙季立のトークンはちゃんと回収したのだから大丈夫と、夕香子は強引に思い込んだ。

最後にもう一度だけと、軽く注意をしておく。

「三万円だって窃盗だし、被害届を出されたら捕まるんだからね」

「はいはい、了解いたしました。もう風呂入って寝るわ」

啓治はその場でスウェットを脱ぎ、寝室へバスタオルを取りに行った。それを背後に感じながら、夕香子は仕事用のカバンにトークンをしまいこんだ。

しかし、聞き分けの良さを信じたのが甘かった。


夕香子が寝入ったあと、啓治はトークンを取り出して取り引きを重ねた。個人事業主の友人にラインで連絡を取り、口座番号を聞き出して、けっこうな金額の振り込みを二回繰り返した。

クスノキユウヤ、七万八千円。

ケイプランニング、十二万七千円。

デザイナーの楠木祐也《くすのきゆうや》は夕香子と同じサークルで知りあった学生時代からの友人であり、個人口座のほかに屋号名義の通帳も持っていた。雑誌の誌面デザインを中心に仕事を受けていたが、出版不況で収入が減ったと嘆いていたのだ。

友だちとして、チョロッとカンパしてやっただけ。

俺への振り込みより多いんだぞと、口座のトップ画面に切り替える。

「やっぱ、ほとんど変わんないや」

缶チューハイを片手に、九桁のまま全然減らない残高をうっとりと眺めた。酔った目に、カタカナの日本人名とカタカナの屋号はなるほど見分けがつきにくい。

「ホントだ。カタカナだけって判別しにくいんだな」

もう一件くらいは、いけるんじゃないか。

最近婚約したという後輩のラインを開いた。

以前、金を借りたことがあり、そいつの口座番号が残っていた。婚約祝いをあげたいのだが、啓治の懐具合は寂しい。タオルとか食器より現金のほうがいいよなと、数字を入力していった。

オオニシユタカ、六万五千二百八十一円。

四件目にして少し不安を覚え、適当な端数を付け加えた。

それからトークンのボタンを押して最新の数字に切り替える。この本人確認パスワードを入力すれば、振り込みは完了である。

でもやっぱり、マズいかな。

取り消そうかとも思ったが、せっかく打ち込んだたくさんの数字がもったいないと、実行のボタンをクリックする。

トップ画面に戻り、ふたたび残高を確認した。

上の三桁はやはり変わらず、大丈夫だという気持ちが強くなる。

「まあ、いっか。ダメならみんなから回収して、謝って返せばいいんだし」

早打ちしている心臓をなだめるように、啓治は解決策をつぶやいた。今日の昼間におしゃべりした坊っちゃんは、おっとりと人の良さそうな顔をしていた。いざバレても、彼ならごめんなさいと謝れば許してくれそうである。

合計、約三十万円。

札束ふたつを落としても警察に届けなかった趙季立だから、この取り引きだってチラ見で終了に違いない。どうせならラッキーなヤツらと同額の二百万円までとも思ったが、この辺が潮時かとパソコンの電源を切った。

啓治は小さなトークンを夕香子のカバンに戻し、缶チューハイを飲み干してから布団にもぐりこんだ。

●六日目

翌日、月曜日。

目をそらしがちな同棲相手を怪しんだが、出勤までにそれほど時間がない。できれば口座を確認したかったが、一回という約束は守るはずだと自分に言い聞かせ学校へと向かった。

授業の中休みの十五分。ほとんどの留学生たちは、コンビニへお菓子やジュースを買いに行く。教室にひとりきりとなった夕香子は、トークンを手に握りしめていた。

誰もいないのだが、一応と床の落とし物を拾うふりをしてしゃがみこんだ。それから趙季立のリュックを開け、チラリと中を覗き込む。二台目のスマホやらプリントやらでごちゃごちゃで、これならトークンが紛れ込んでいても変じゃないとホッとする。教室の入り口を確認し、そしてリュックへと押しこんだ。

これで終了だ。

異国で騙されるなんてよくあることだし、クレジットカードの詐欺だってめずらしくもない。オレオレ詐欺なんて、年金暮らしの老人から大金をだまし取っている。それにくらべれば、成金の坊っちゃんから三万円を窃盗するなど些細《ささい》なことではないか。もうひと桁上げても良かったかなと惜しみつつ、夕香子は後半の授業を終えた。

午後六時半。買い物を終えて帰宅すると、啓治が楠木祐也と飲んでいた。

同じサークルの仲間であり、互いに呼び捨てしあう間柄である。フリーのグラフィックデザイナーとして働いていて、時間に融通が利くことから、会社を辞めた啓治とのつき合いが増していた。

「お邪魔してます。夕香子、久しぶり。なんかおもしろいことがあったみたいだね」

「悪い。コイツ、話が聞きたいってうるさくって。外で飲むつもりだったんだけど、家飲みがいいってダダこねられてさ」

「噂《うわさ》には聞いてたけど、中国人の金持ちって桁が違うんだな。おこづかい、ありがとうございます」

やはりという感想しか出なかった。

楠木はケイプランニングという屋号を使っており、仕事用の口座を別に持っていた。個人名が続くよりは怪しくないだろうと、啓治が坊っちゃんからの振り込み先に使ってしまったのだ。

「楠木、あんた怖くないの？　犯罪だよ、これ」

「やだなあ、発端は夕香子でしょ。僕は口座を利用されただけ。知らなかったで通させてもらいます」

「ひとりだけ逃げるって、ずるいじゃない。連帯責任だからね」

「バレても返却すればいいんでしょ。日本語が苦手だっていうし、ずいぶんとガードの甘いお坊っちゃんだって、啓治から聞いたよ」

「そうそう。ほら、夕香子も座れよ。三人が揃うなんて、けっこう久しぶりだよな」

男ふたりは、まったく不安がる様子がなかった。

テーブルの上には、昨夜同様にテイクアウトの食べ物が並べられていた。連日の贅沢に、節約家の夕香子はイライラが募ってくる。

ほろ酔いの楠木は、持ち帰りのケンタッキーにかぶりつく。その横には食いかけの寿司折りも置かれていた。なんとも言えない取り合わせだが、貧乏人がハレの日に選びそうなごちそうという感じである。

「出版不況で仕事がない友人のために、寄付させていただいたんですよ」

「寄付じゃなくて、窃盗。人の口座から盗んだんでしょ」

「いいんだよ。お坊っちゃまにとったら三十万円なんて、はした金だから」

約束からひと桁アップしていることに、夕香子はつまんだポテトをぽろりと落とす。

「三十万円ってなによ。一件三万円なら、十回も繰り返したってこと？」

「バカか、おまえは。三万円の振り込みがいくつも並んでいたら、さすがの坊っちゃんも怪しむよ」

「だから、ちゃんと全部話してって言ってるの」

「わかったから怒るなよ。ケイプランニング宛てにと楠木祐也宛てに、少し多めに振り込んだ。名前がユウヤで良かったな」

「そうそう。松屋とか湖池屋とか、お店みたいに見えるよね」

「名付け親に感謝しろよ。菓子折りでも送ってやれ」

男の友情を重んじ、楠木はへりくつでアシストする。心強い味方を得たと、啓治はビールのおかわりを差し出した。当然のように受け取った楠木が、ゴクゴクと半分を飲み干す。

上機嫌の理由は金かと、口のまわりに泡をつけて笑う楠木が情けなくなった。本当に仕事がないんだなと、無精ひげとボサボサ頭を見て今さらながらに夕香子は気がつく。

カタカナのからくりをなるほどと思ったが、合計三十万円はやりすぎである。オレオレ詐欺や企業の横領事件に比べればささいな金額だが、同じ日付に引き落としが三件続けば、趙季立も怪しむはずだ。

さすがにバレると夕香子は焦ったが、男ふたりは欲しいものリストの作成を始めていた。窃盗の証拠ががっちり残されているのに、のんきすぎると夕香子は頭を抱える。

「心配しすぎだよ。率からすれば一パーセントってところだ。おまえ、一万円のうち百円の使いみちを記憶してるか」

「してるわよ。コンビニでコーヒーを持ち帰った。レシートだってまだ持ってる。あと数字が間違ってるから。三億円分の三十万円は〇・一パーセント。ちゃんと計算しなさいよ」

「だったら、もう全然余裕じゃん。なんだ、もっともらえばよかった」

「三億円って、その坊っちゃんの残高？　彼って何者なの？」

楠木が億の数字に喰《く》い付いてくる。

話していいものか迷ったが、尋常ではない視線の強さに夕香子は負けた。仕方なく、趙季立が水産業を営む富豪の息子だと教えてやる。それから日本語がカタコトで、普段からぼんやりしてるとの説明も加えた。

ことさら劣等生扱いしたのは、夕香子の録画が発端だと啓治に指摘されたせいである。趙季立はカタカナが苦手だから気がつかない、大丈夫だと思い込みたかったのだ。

「じゃあ、問題なさそうだな。おかげでデザインの素材を買い足せる。本当に助かったよ」

被害者のユルさに安堵《あんど》した楠木は、窃盗を問題なしと断じた。

こんな男だったっけと、夕香子は自分のこじつけをよそに啞然とする。

楠木は学生時代から道徳心が強く、自転車を盗もうとした啓治を殴ったこともあった。弱者へのいたわりも人一倍厚かったのに、日本語のおぼつかない外国人をだます行為に加担させられて平気なのか。昔の彼なら啓治を正座させ、説教しても不思議じゃないのにと夕香子は訝《いぶか》しむ。

よく見れば、服もカバンもずいぶんとよれていた。

二年前に結婚した彼の妻も、かなりのおしゃれさんだったはずである。夫にこんな格好をさせる女性じゃないのにと左手を見ると、指輪がなかった。

仕事も妻も、失ったのか。

そんな崖っぷちの男に、自分は三億円を所持する坊っちゃんの話をしてしまったのかと肝が冷えた。

しかし最後のパスワード入力に必要なトークンは、今日の昼間に返却済みである。だから大丈夫と安堵しつつも、指輪の消えた左手から目が離せない。視線に気づいた楠木は、少し前に別れたと事もなげに言ってきた。

「正直、せいせいしたよ。無駄づかいばかりの贅沢な女だったし」

同意も否定もできず、曖昧に笑うしかない。啓治にふざけて欲しかったが、このタイミングでトイレに行っていた。早く戻れと念じたが叶わず、楠木は元妻への悪口を羅列する。

「僕の仕事が順調なときは、へつらっていたんだけどね。でもおこづかいが減ったら態度を豹変《ひょうへん》させてさ。家事も手抜きするし、口汚くなるし」

「でも彼女も、仕事してたんじゃなかったっけ？」

「結婚してすぐに辞めたよ。お互い自立した関係でいようって、カッコつけてたくせに。人が稼いだ金を使うだけ使って、なくなったらサヨナラだってさ」

ちくしょうとばかり、楠木の箸に勢いが増した。怒りを食欲に向ける彼に、そっと自分の寿司折りを差し出す。コクリとうなずいた彼の目に涙がにじんでいて、見ていられなくなった夕香子は顔を横に向けた。

　それに父親までがと楠木がつぶやく。さらなる不幸が続いているのかと顔を戻したところへ、啓治がトイレから戻ってきた。

「お父さんが、どうかしたの？」

「いや、何でもない。そのビール、もらっていいかな」

　しんみりした雰囲気をごまかすように、楠木は夕香子のビールを半分空けた。

　空気の読めない啓治は、いい飲みっぷりだなと後に続く。コロッと態度を変えた楠木が右手を高く上げ、最高っすよと陽気に乾杯を繰り返した。

　楠木の不安定さが気になったが、啓治のテンションもちょっとおかしい。

　他にも振り込み先があったりしてと、夕香子は不意に焦り始めた。楠木がトイレに向かったところで、小声で啓治に確認する。

「本当に、ほかに振り込み先はないのよね。啓治と楠木の口座以外は使ってないのよね」

「まあ、そんなところだ。ちょっと酔ってたから記憶があいまいだけど、振り込み先に同じカタカナが並ぶってことはない」

「名前の問題じゃなくて、ほかにやってないか聞いてるの」

「夕香子が、外人はカタカナが苦手だって言ったんだろ。だから俺は、大丈夫だと思いました。センセイのアドバイスに従っただけだよん」

責任を押し付けてくるあたり、ほかにもあると夕香子は確信した。

トイレから戻った楠木は、不機嫌なカップルに構わず残りのビールに手を伸ばす。

そして持ち帰るつもりか、フライドチキンをナプキンで包み始めた。夕香子はまだ一つも食べてないと止めたかったが、あっという間にビニール袋に入れてカバンへと放り込んでしまった。

もう、昔の楠木じゃない。

貧《ひん》すれば鈍《どん》するとはこのことかと、チキンは諦め、再度啓治に向き直った。

「やっぱりこの目で口座を見ておきたい。パスワードのメモを出して」

「証拠の品は捨てちゃったよ。お前の動画も消去しといたほうがいいんじゃないか」

はいおしまいと、啓治は手を振って横を向く。

夕香子は喰い下がろうとしたが、楠木が同席している。

それにやってしまったことを責めても、もうどうしようもない。

今の自分にできることは、趙季立が気づかないことを祈るだけだ。あとで動画を見てパスワードを書き出し、坊っちゃんの口座をチェックしよう。余罪があったら啓治に回収させ、ふたりで謝罪して返却したほうがいい。

対処の仕方を決めてテーブルを見ると、もうポテトも残っていなかった。

「ごちそうさまでした。啓治、おもしろい話を聞かせてくれてありがとう。夕香子、今度はもっとゆっくり飲もう。今日は帰らなくちゃ。じゃあ、またな」

食うだけ食って、楠木は帰っていった。

お金にご馳走にと友人をもてなした啓治は、お大臣ぶりに満足していた。もてなすなら自身の金を使えと恥ずかしくなったが、じわじわと楠木の凋落《ちょうらく》っぷりが気になってきた。

「ねえ、楠木がさっき、離婚したって言ってたんだけど」

「らしいな。悪い、黙っててくれって頼まれてたんだ」

「お父さまにも、何かあったのかしら」

「それは聞いてない。あ、もしかしてもっと金が欲しいとかだったりして。そっか、同情作戦だよ。やるなあ、頭いいなあ」

自分の言葉にウケて大笑いする酔っぱらいを無視し、夕香子はテーブルの空き缶を片付けた。数年前まではみんな立派な社会人だったのにと、ゴミを手に台所へと向かう。

「どいつもこいつも、貧乏人になっちゃって」

結局、何も食べられなかった夕香子は、カップ麺にお湯を入れた。裕福な人々のようにウーバーを使ってみたいが、いつになるやらとため息が出た。

●十日目

夏休みの前日。金曜日。

この二日間ほど、夕香子は機嫌が悪かった。

動画からパスワードを書き出して趙季立の口座をチェックすると、振り込みは啓治と楠木の三件のみではなかった。追加は一件だけだが、同棲相手にごまかされたことに怒りを覚える。

四件の振り込みが、同じ日に並んでいた。

罪悪感のせいか、それらが妙に目立って見えた。

気弱になった夕香子は、さっさと謝って返却しようと啓治に申し出た。しかし彼は取り合わず、平気だと繰り返して話し合いを拒む。

結局、夕香子は折れた。

楠木も啓治も、発端は夕香子のオンライン画像だと言っていた。

トークンを盗むために、趙季立と約束を取り付けたのも自分である。

それを指摘されると、強く出にくかった。いっそ自腹で三十万円返却しようかと考えてみたが、自分だけが損するのもしゃくである。これはもう様子見しかないと、夕香子は腹をくくった。

「しばらくは引き落としたお金に手を付けないこと。楠木にも言っておいて。もう、どうすんのよ。バレたら仕事もクビになっちゃうじゃない」

「わかったよ。約束する。楠木にも言っておく」

「彼、お金に困っていそうだったわよね。もし楠木が使い込んじゃったら、啓治が埋め合わせしてよ」

「承知いたしました。でも俺も驚いたよ。みすぼらしい格好してたし、痩せてたし。切羽詰まってるんだろうな」

友情に篤《あつ》い啓治は、本気で心配していた。

そんな男に三億円の話をしてしまったのが気がかりだが、楠木と留学生が接点を持つことはないはず。啓治から埋め合わせの言質も取ったし、楠木宛てに振り込んだ金で自分が損することはないと、夕香子はひとつ肩の荷を下ろす。

ただ、最後の振り込み先の大西ユタカが気がかりだった。

啓治のひとつ後輩の大西本人は常識的な会社員だが、婚約相手の竹内《たけうち》和佳奈《わかな》がいい加減な女だった。彼女に黙っててくれればいいが、話してしまったら絶対に大騒ぎになる。

「大西くんにも注意しておいてね。特に彼女には喋るなって強く言っておいて」

「はいはい。もう学校へ行ったほうがいいんじゃないか。センセイが遅刻しちゃダメだろ」

時計を見るとギリギリの時間である。一学期最後の授業のため、夕香子は駅へと小走りに急いだ。


教室に入り出欠を取る。

最終日のせいか、趙季立も遅刻せずに席についていた。名前を呼ぶと、いつもどおりの眠そうな顔ではいと返事をする。

まだ気づいていないらしい。

それとも四件三十万円程度の引き落としなど、目に留まらないのだろうか。

後者でありますようにと、夕香子は祈った。

このまま夏休みを終えて月が変わり、窃盗の引き落としなど別件に埋もれてしまえと願いながら教科書を開く。

「今日は二十五課ですね。えっと、仮定の話か。もし、の使い方です」

例文にドキリとする。

『もし、一億円あったら何をしたいですか』

普段なら、学生たちが大金の使いみちを考える楽しい課である。

もし一億円あったら、家を買いたいです。

もし一億円あったら、世界旅行をしたいです。

このふたつが多いのだが、宇宙に行きたいだの戦車を買いたいだの、予算オーバーの回答もある。かつての苦学生たちは一億円でできることなど見当もつかず、夢いっぱいの妄想をニコニコと話してくれたものだった。

そんな若者らしい素朴な回答を大げさに褒めるのが、日本語教師の仕事である。

しかし昨今の中国人留学生たちは、母国の物価高騰をネタに生意気なことを言ってくる。

「一億円では、上海のマンションは買えません」

「足りないですね。一億円はすぐなくなります」

「日本のマンションは安いです。お買い得。私のおばさんは、東京にふたつマンションを買いました」

景気のいい国の学生たちがうらやましい。

バブル期の日本人も、留学先でこんな発言をしていたのだろうか。

富豪のご子息たちが誇らしげに母国を自慢し、そうでない学生も一億円じゃ何もできないと鼻息を荒くする。

もう日本は、彼らに買い叩かれる国なのかもしれない。

教室で唯一の日本人である夕香子は、顔を引きつらせながらご子息たちの豪語するのを聞いていた。

とはいえ、お金の話は盛り上がる。

自慢に疲れた留学生たちは、中国と日本の物価を比べ始めた。

裕福な家庭の子どもたちは、日本で高いと思うのは電車やタクシーなど交通費ぐらいだと言い切る。それ以外は、服も遊びに使うお金も変わらないとのこと。聞けばファストファッションの値段は日本と変わらず、ディズニーランドの入場料もほとんど同じだった。

そうなんだとつい悔しげな表情をすると、彼らは気分良さげに夕香子を見上げてきた。

中国の田舎出身のつつましい学生はちょっと違うかなと小首をかしげていたが、北京《ぺきん》や上海《しゃんはい》の相場は知っている。見栄もあり、貧乏を晒《さら》したくない苦学生たちも富豪のご子息たちに同調してうなずいた。どう切り返せば無難に授業を進められるのか、迷った夕香子は困り顔をさらして教壇に立ち尽くす。

「日本は暮らしやすいですよ。清潔だし、ごはんが安くておいしいですから」

日本人の教師を気づかったのか、王萌佳が優等生らしい意見を述べてくれた。

余裕の感じられる意見に、ありがとうと礼を言うしかなかった。

夕香子は地味なレイアウトの教科書を眺める。

約二十年前に発行されたものだが、まさか四半世紀後に日本がこれほど衰退しているとは思いもしなかっただろう。

『東京は物価が高くて大変です』

『あなたの国では、卵一パックはいくらですか』

『お金を節約するため、ほとんど外食はしません』

苦学生向けの例文が時代を感じさせる。文章どおりの生活をしている学生も多いが、裕福な学生の前で、貧乏暮らしの学生にこの例文を読ませるのは少し心苦しかった。

格差が大きすぎるんだよなと、夕香子はやりにくさを覚える。

とはいえ授業は進めなければならない。

一億円が少ないと思う人は、好きな金額で例文を作れと命じた。

やる気のない学生たちは、教科書そのままの文章をプリントに書き込んで発表する。

富豪のご子息たちも考えるのが面倒なのか、一億円での例文を答えてきた。

よく新聞やニュースを読んでいる賢い学生は、三億円にして例文を作ってきた。日本の平均的な生涯賃金もそれくらいだったなと、数人の学生に読み上げさせる。

しかし彼らは妄想ではなく、現実的な利殖を考えた文を作っていた。

「三億円あったら、マンションを二つ買いたいです。ひとつは自分で住んで、もう一つは貸します。そして数年後に売却します」

「株を買います。IT系と流通系の株を買いたいです」

経済学部志望の学生が、スマホで単語を調べながら述べてくる。投資や利殖に知識のない教師の褒め言葉が、それはいいですねとつい単調になる。どうせ貧乏人には無縁の金額だよと投げやりになってきたところで、苦学生女子が共感を覚える例文を作ってくれた。

「三億円あったら、働きません。旅行したり遊んだりして、生活します」

それだよねと思いながら、夕香子は女子学生に笑顔を向けた。

坊っちゃんの口座には、その金額が入っているのだ。そういえばコイツはまだ発表していなかったなと、スマホで遊んでいる趙を指名した。

「趙季立さんは、一億円あったら何をしたいですか」

ゲームを中断させられたせいか、めずらしく不機嫌な顔をこちらに向けた。眉間にシワを寄せ細められた目に、彼の口座から金を盗んだ夕香子はビビる。

「パーティーしました。誕生日。ホテル」

「いいえ、違います。やったことじゃありません。したいことを言ってください」

間違いを指摘された彼は、チッと大きく舌打ちする。

大富豪ご子息の妙な迫力に、教室は静まり返った。

いつもは苦笑するクラスメートたちも、口を閉じてうつむいている。今まで
剣呑《けんのん》な雰囲気となった教室に、夕香子は戸惑う。今までは道化役を喜ぶひょうきんは道化役を喜ぶひょうきん者と見做《みな》していたが、もしかして違う一面もあるのかと驚きながら趙季立とそのまま対峙《たいじ》した。

無言のまま、数分が過ぎた。

いたたまれず、教科書の例文を読ませてごまかそうとしたときに、彼が中国語を口にした。それからガールフレンドに顔を向け、通訳しろとばかりにあごをしゃくる。

王萌佳は秘書よろしく、淡々とその内容を日本語にする。

「ホテルを貸し切って、誕生日パーティーをしました。毎年やります」

「すごいですね。えっと、一億円あったら、私もそれ、してみたいです」

へりくだった教師の答えに、ようやく坊っちゃんが笑みを見せてくれた。とはいえいつもの愛嬌《あいきょう》はなく、鼻で嗤《わら》う意地悪さが浮かんでいる気がする。

もう切り上げようとしたが、彼は中国語での発言を続けた。王萌佳は耳を澄ませ、そして去年のパーティーの様子を教師に告げる。

「ワインで乾杯して、それから彼は倒れました。招待客はみんな驚きます。医者が彼を調べて、毒を飲まされて死んだと言いました」

何だそれはと、夕香子は口を半開きで聞く。

「招待客は大変だと騒ぎます。彼は跡取り息子なのに、どうするんだと親戚の人たちは激怒しました。従業員、真っ青です。支配人も呼ばれて、お前が悪いと彼の両親に責められました。警察がたくさん来て、ホテル中を調べました。そして厨房《ちゅうぼう》に毒を見つけました」

「あの、でも、彼は今、生きているというか」

「全部、ウソです。彼が企画しました。医者も警察もエキストラ。でも支配人とか従業員をだましたのは本当です」

「それって、ヒドくない？　だまされた支配人も怒ったでしょう」

「タネ明かししたあと、ホテルの人たちに慰謝料を払いました。お金で解決ですね」

オチがついて、ようやくクラスメートたちが小さく笑う。誰もがどこか怯《おび》えているように感じたのは、気のせいだろうか。

主役の坊っちゃんは満足げにうなずき、さらにガールフレンドに小声でささやく。

「慰謝料を奮発したから、一億円じゃ全然足りませんでした。三億円ほどかかりました。従業員の半分は、パーティーの後にホテルを辞めました。お金を儲《もう》けたからです」

どんな返事をしたのか、よく覚えていない。

冗談かとも考えたが、三億円という数字が思わせぶりに耳に残る。

バレたんじゃないわよね。

不安を顔に浮かべた教師を、趙季立は静かに見上げてきた。

どっちだと、夕香子も見返す。

しかし窃盗のやましさから、先に夕香子が目をそらした。とたんにまた舌打ちされ、ビクリと背中が震える。同時に冷や汗が、ぽたりと机に落ちた。

マズイなと、夕香子は自分の反応を恥じた。

生徒に醜態《しゅうたい》を晒してしまったと、机の水滴を指で拭う。ただの自慢話だと強引に思い込み、カップルで連携しての発表をほめてやった。王萌佳がこくりとうなずき、ようやく教室の硬さがほどける。

やっぱりただの勘違いだと、夕香子は学生たちに笑顔を向けた。

「楽しいお話をありがとう。明日から夏休みですね。気をつけて過ごしてください」

締めの言葉を放ったが、授業時間はまだ余っていた。

仕方がないので、夏休みの予定でも聞こうと順番に当てていく。進学を目指すクラスなので、ほとんどが受験勉強との返事となり、あっさり趙季立の番が来てしまった。

時間切れを目指していたのにと落胆しながら、夕香子は彼の名を呼んだ。

「ゲームします」

「あら、勉強はしないんですか」

つい媚《こ》びた笑いを顔に浮かべ、夕香子は授業終了の鐘を待つ。答え終えた学生たちは、教科書をカバンにしまい始めていた。

「勉強しません。でも、先生にびっくりなことをします」

それは何と聞き返したところで、終了のチャイムが鳴った。

不敵に笑う趙季立が、スマホを手に立ち上がる。隣を歩くガールフレンドは苦笑を浮かべ、夕香子と目を合わせず教室から去っていった。

授業を終えて教務室に戻ると、同僚のマサミが共有のおやつ箱のチョコレートをポケットに入れていた。わしづかみの手を何度も往復させており、ポケットがどんどん膨らんでいく。

終わるのを待って、夕香子は隣の空いている席に座った。箱にはチョコが一つしか残っておらず、なんとなく手を伸ばしづらい。

「夕香子さんは夏休みの一ヶ月、どうするの。私たち非常勤は無収入になっちゃうでしょ」

「ひたすら節約ですよ。あとは学生と同じでお勉強かな」

「余裕ね。私は短期のバイトをしなきゃ。いいわね、旦那が家賃を払ってくれて。それだけはうらやましいわ」

それ以外は全然うらやましくないとでもいうように、ツンとあごを上げる。そしていまおやつ箱に気がついたという感じに、最後のチョコレートを口に入れた。

ポケットに入っているのを食えよ。

口から漏れる甘い匂いに空腹を刺激され、イラついた夕香子はどんなバイトをするのかと質問した。そんなどうでもいい話題で、坊っちゃんとのやり取りを払拭したかったのかもしれない。

「そうねえ。まあ、伝票を扱う仕事というか」

四十路《よそじ》独身女性の言い淀《よど》みに、少し溜飲が下がる。いつもなら意を汲《く》んで引き下がってやるのだが、ささくれた気分の夕香子はしつこく絡んだ。

「たまに配達もあるかな。体を動かしたいなって思ってたし、時給も悪くないし」

宅配の肉体労働らしい。楽な短期バイトはそうそうないもんなと、恥ずかしげに目を泳がせる同僚を横目で見た。

お互い非常勤として勤務しているが、マサミのほうがキャリアは長い。ただ生徒受けはよろしくなく、手抜き授業が多いとの苦情がたまにラインで寄せられていた。離婚歴があると言っているが、ウソだという噂もある胡散臭《うさんくさ》い女である。

「私もバイトしようかと思ってたんですけど、職探しに出遅れちゃって。少しでいいから稼ぎたかったたな」

「あら、旦那は正社員の営業マンなんでしょ。一ヶ月くらい甘えさせてもらいなさいよ」

啓治がテレアポのバイトをしているとは言えず、会社員だと見栄を張っていたことを思い出す。勢い余って、結婚しているとも述べてしまった。一応は教職ゆえ、同棲中というのも外聞《がいぶん》が悪いかと考えたからだ。

金属アレルギーだから指輪はしていないとごまかし、以降はプライベートの話題を避けてきた。しかし意地の悪い絡みへの仕返しか、マサミは旦那の会社名やら給料やらをねちっこく聞いてきた。

今日は散々だなと落ち込みながら、適当な社名と安月給をぼそっと口にする。不景気でボーナスもゼロだと嘆いてみせると、独身女は気分良さげに破顔した。

不幸な結婚と見なされたのか、あなたも大変ねとポケットからチョコを取り出し握らせてくる。まあこれで旦那についての話題は今後出てこないだろうと、マサミの体温で溶けかかったチョコを舌にのせた。

ぬるさが気持ち悪かったが、立ちっぱなしで疲れていただけに甘さにホッとする。教務室には夏休みのバイト届けに記入する留学生があふれており、皆が通帳を手にしていた。

「あの銀行通帳は、何に使うんですか」

「残高のチェックよ。夏休みのバイト時間は週に四十時間までって決められているから、違反しないように残高を確認しておくの。夏休み明けにも金額をチェックして、多すぎるバイト料は指導対象になるわね」

留学生は、週に二十八時間までのバイトが許可されている。夏休みなどの長期休暇中は、特別に週四十時間まで延長される。どちらの場合でも、制限時間を超えての就労は法律違反となり、最悪の場合は強制帰国もあり得るのだ。

その違反を見逃すと、学生を管理する日本語学校にも注意が与えられる。留学生の不法労働を防ぐためにも、通帳に振り込まれるバイト料から労働時間を予測し、不審な点があれば本人に問いただすこともあるとのこと。

「ウチの学校って、そんなチェックしてましたっけ？」

「留学生のバイトは社会問題になってるから、ウチも厳しく管理することになったの。とりあえず今回の夏休みから、通帳をチェックすることにしたみたいね」

ゾッとした。

十数人の顔を見渡したが、趙季立もガールフレンドも見あたらないことに、夕香子はひとまず息を吐く。

「バイトしてない学生の通帳も、チェックするんですか」

「どうかしら。事務の人に聞いてみたら」

「いえ、そこまでは。あ、周青麗《しゅうせいれい》さんもバイトするんだ」

「彼女は美大を狙ってるから。学費の足しにするんでしょう」

周青麗は顔立ちの整った女子学生で、すでに母国の大学を卒業している年上のクラスメートである。さらに絵の勉強をしたいと、人気のある日本の美大を志望していた。腰までの長い黒髪がサラサラと美しく、百七十センチ近い長身も目立っていた。

「バイトの必要がなさそうな学生もいますね。親に頼めば生活費を送ってくれそうなのに」

「社会経験として、夏休みだけバイトする子も多いのよ。日本語の勉強にもなるからって」

「なるほど。でも自分の通帳を見せるのって、なんか恥ずかしいですよね」

「自国ならそうでしょうけど、外国にいるとそういう意識は低くなるみたい。みんな割とすんなり見せてくれるわよ。学生から読めない文字を聞かれたこともあるし。引き落としのカタカナに覚えがなくて、これは何ですかって」

吐きそうになる。

チラリと留学生たちを見ると、お互いの通帳を見せ合って談笑していた。ドット文字のカタカナを読み上げ、それは何かと聞き合っている。

「コピーを取りますから、提出してください。終わったら帰ってもいいですよ」

事務員の吉田《よしだ》が声を掛け、学生から通帳を受け取っている。テキパキと作業を終え、通帳を戻された留学生から帰っていった。吉田は席に戻り、マーカーで最後の金額に印をつけている。

教務室には教員と事務員だけになり、マサミも帰り支度を始めていた。

「どうしたの。ぼうっとしちゃって」

「何でもないです。いいですよね、異国でアルバイトなんて。私も経験したかったな」

「非常勤だってバイトみたいなもんじゃない。さて、帰らなくちゃ。じゃあ、夕香子さん、夏休みを楽しんで。あなたは一ヶ月のお休み中、ずっと部屋にいるのよね」

妙な確認をするなと、夕香子は立ち上がったマサミを見上げた。

カバンを持ったまま動かず、何か言いたげな雰囲気も感じられる。

「どうしたんですか」

「夕香子さんって、旦那と赤羽のマンションに住んでいるのよね。どんなお住まいなの？」

「ええ、まあ。賃貸の古マンションですよ」

「オートロックはついているのかしら」

「ないです。四階建てだからエレベーターもなし。夏場は三階の自室に上がるだけで、汗だくですよ」

そっかと目を細める。

質問の意図がつかめず、夕香子もなんとなくマサミの部屋のことを聞いてみた。

「私も同じ。マンションを買いたいんだけど、値上がりがすごいでしょ。早くしないと手が届かなくなっちゃうわ」

「ええ？　購入するんですか」

「まさか。二十五課の教科書を見てて、ちょっと言ってみたくなっただけ」

曜日違いで、夕香子とマサミは趙季立たちのクラスを担当している。授業中にお互いのことを生徒たちに話し、評判をさぐるようなこともしていた。まさか趙季立から振り込みのことで相談があったのかと、後ろめたい事情があるだけに顔が引きつってくる。

坊っちゃんの通帳を、チェックしていたりして。

しかし啓治の名前を出したことはないし、夫婦とウソをついているのだから彼の本当の名字はたどれない。楠木も大西も、マサミにとってはまったくの他人である。

ケイプランニングが気になったが、ありがちな名称だし、デザイナーという楠木の職業をマサミが知るのは不可能である。坊っちゃんの通帳から引き落とした四件の名称から、犯行がバレることはないはずと夕香子は強く思い込む。

「さて、本当に帰らなくちゃ。体に気をつけて。夕香子さん、お元気で」

「マサミさんも。夏バテに注意してくださいね」

夏休み前のあいさつにしては、妙にしんみりしていた。

少し気になったが、それよりも留学生たちの通帳チェックが問題である。

プリントを確認するふりをしてしばらく教務室にとどまったが、結局、閉業時間の五時を過ぎても、趙季立と王萌佳は来なかった。

とりあえずしのいだと安堵し、バイト関連の書類がキャビネットにしまわれたのを見届ける。キャビネットのカギはしっかり掛けられ、カギ束は吉田の机の小引き出しに入れられた。ほかの事務員がカギ束を使うこともあり、小引き出しはオープン状態なのを夕香子は知っていた。

「お先に失礼いたします。学生は全員、帰ったんですよね」

「そうみたいですね。あとは何事もなく、夏休みが終わるのを祈るだけです」

「騒音トラブルとか、けっこうありますもんね」

「酔って自転車を盗んじゃうとか、外国籍同士のケンカとか」

「今年は何もないといいですね。じゃあ、夏休み明けもよろしくお願いいたします」

低姿勢にあいさつしてから、夕香子は赤羽のマンションへと戻った。

七月も末となり、三階まで階段を上っただけでじんわりと汗ばんでいた。

冷蔵庫からペットボトルを取り出し、ゴクゴクと飲んでいると玄関のチャイムが鳴る。

「お届け物です。サイン、お願いします」

汗だくの青年は玄関先に段ボールを置き、ちょっとすいませんとタオルで顔を拭いた。

「お疲れさまです。ごめんなさいね、エレベーターがなくて」

「いえ、仕事ですから。でもすごく重いですし、中まで運びましょうか」

「大丈夫です。私、けっこう力持ちなんですよ」

タテヨコ六十センチほどの段ボールを抱えようとしたが、簡単には持ち上がらない。なるほど言うとおりだと、青年の助けを借りてリビング手前の廊下まで一緒に運んだ。

内容物は、カタカナでカミと書かれていた。

宛先は啓治だが、こちらもオオハラケイジとカタカナだった。

住所はどちらも漢字で記入されており、送り主は大連公司という名である。

「だいれんこうじ？　そんな友だち、いたっけ？」

カタカナと漢字が交じった妙な送り状を見つめ、夕香子は段ボールをゆすってみた。カミという内容は意味不明だが、段ボールに紙がぎっしりと詰まっているなら、この重さもアリかと思えてくる。

デジタル化のために断裁された誌面だろうか。しかしひと昔前ならともかく、今は切り取り不要でスキャンできる時代である。勘違いからの記入ミスかと思いながら、送り主の名前をもう一度口にしてみた。

地名の大連なら、趙季立の実家がある所だ。

まさかと思ったが、送り主の住所は池袋である。子どものなぞなぞじゃあるまいしと笑いつつも、しらじらしい一致が気持ち悪い。教室でのやり取りが記憶にこびりつき、つい関連付けて考えてしまうのだと夕香子は頭を振った。

「どうせオークションで、マンガでも買ったんでしょ」

無難な注文だと決めつけ、啓治の帰りを待つことにした。しかし大連という文字が気になり、目の端に入り込む段ボールがうっとうしくて仕方がなかった。

夜七時。ようやく啓治が帰ってきた。

段ボールの中身を聞こうとする前に、来客を告げられる。

「ただいま。これから客がふたり来るんだけど、いいよな」

「冷蔵庫、空っぽなんだけど」

「そうだと思って、ヤツらには買い物を言いつけておいた。あと十分ぐらいかな」

「先週も楠木が来たのに。最近、お客さんを呼びすぎよ」

「明日は土曜日なんだから、カタいこと言うなよ。それに夕食の準備もいらないから、夕香子もラクできるだろ。今日で学校も終わりなんだし、夏休みに向けて宴会しようぜ」

家飲みが好きな啓治は、よく友人を連れてくる。

夕香子もにぎやかなのは嫌いではないが、今日は学校で通帳チェックを見たり、やたら重い荷物が届いたりと気苦労が多かった。できれば静かに過ごしたかったが、客がもうこちらに向かっているのなら止めようがない。

飲んで気晴らしするのも悪くないかと切り替え、段ボールを指差す。

「これ、啓治宛ての荷物。いったい何を注文したの」

「いや、何も買ってない。間違いじゃないのか」

「啓治の名前が書いてあるし、宛先もここだよ」

「何だろ。まあ俺の名前が書いてあるってことは、開けても文句なしってことだよな」

物事を深く考えない男は、大胆なやり方を言い放つ。

お客の接待が終わってから確認すればいい気もするが、中身が気になるのは夕香子も同じである。ガムテープを剝がして上部を開くと、すき間に丸めたスポーツ新聞が詰め込まれていた。それを取り出すと、プチプチに包まれた紙らしきものが見えてくる。

「これって、札束っぽいんだけど」

啓治に言われて覗き込むと、なるほど一万円の札束に見えた。底までぎっしり詰まっているなら恐ろしい額になるが、現金を宅配便で送るなどあり得る話ではない。

「ニセ物に決まってるでしょ。でもまあ、紙には違いないわね。何でこんなものが啓治に届くのかしら」

「俺だって知らねえよ。気色悪い」

言いつつも、啓治の視線は札束から離れなかった。プチプチから透けて見える福沢諭吉は妙にリアルで、帯封の位置がしっかり揃っているのも生々しい。

「おもちゃとはいえ、これだけ買うとしたらけっこうな出費よね」

「それプラス宅配代だろ。誰だよ、コイツ。頭に来るな」

「嫌がらせにしては手が込んでるわよね。誰かに恨まれてない？」

「何も悪いことはしてないぞ。最近は部屋とバイト先の往復だけだ」

しかしふたりとも、池袋という住所を意識していた。薄々の予感があったが、昼間の授業の恐怖が残っていて彼の名を口にするのがためらわれる。啓治は段ボールに顔を突っ込み、最近のおもちゃ銀行券はデキがいいんだなと声を震わせていた。

坊っちゃんは、三億円の誕生日パーティーを開ける富豪の息子である。先生をびっくりさせますとも言っていた。

ドッキリの企画力もなかなかだった。笑えるドッキリなら嬉しくもあるが、あの舌打ちは不快感に満ちていた。だからといってこの住所に、札束を送りつける意味は何かと夕香子は混乱する。

ニセ物なら腹が立つ。

しかし本物なら、確かにびっくりだ。

じゃあ、もしかして本物かしら。

自分はいったい何を考えているのだと、微動だにしない啓治の後頭部を見下ろす。

そこにインターホンが鳴り、ふたりは背をのけ反らせて飛び上がった。

「お邪魔します。この部屋に来るのも久しぶりですね」

玄関ドアを開けると、大西と婚約者の和佳奈が立っていた。それぞれがアルコールや食べ物が入ったエコバッグを手にし、さっさと靴を脱ぎ始める。

「婚約のお祝い、ありがとう。でも、六万円なんてすごいね」

「ですから今日は、僕らのおごりです。といってもスーパーの惣菜ですけどね」

「三割引きだったのよ。唐揚げとかも安くなってたから、いっぱい買っちゃった。ラッキーなお金にはラッキーが続くって感じ。で、ふたりは玄関先で何してるの？」

啓治は急いで段ボールのフタを閉じ、転がっているスリッパを載せた。臭いと汚れが目立ち、中身が本物の札束なら不徳この上ない。バチが当たるような気がした夕香子は速攻で払いのけ、ビニール傘で目隠しした。

「早かったな。もっとゆっくり品定めすればよかったのに」

「ちょうど割り引きシールの貼り付けが始まったんですよ。最近は競争が激しいですね。負けたくないって、彼女が頑張ってくれました」

「あとでレシートを見せてあげる。千円は得したって感じかな」

自慢げにエコバッグを振り、和佳奈は微笑んだ。

彼女だけが、新参者である。三ヶ月前に恋人だと紹介され、一ヶ月前に婚約したと報告を受けたときは正直かなり驚いた。

大西と同じ二十九歳だが、少女趣味のファッションが痛々しい。仲間内で飲むときも、和佳奈だけは話題が幼すぎて話を合わせるのが大変だった。

しかし大西が選んだフィアンセなのだからと、親しげな言葉をかけていたら、あっという間にタメ口になった。

啓治は気にしていないようだが、夕香子はそのずうずうしさが気に入らない。大西は何度かたしなめてくれたのだが、ワガママもタメ口も解消されることはなかった。

「いい匂いだな。ありがとう。部屋に上がって、適当に座っててくれ」

「そうさせてもらいますけど、どうしたんですか」

「何でふたりとも、立たないのよ」

しゃがみ込んだまま段ボールをキープする部屋主たちに、大西は戸惑っていた。和佳奈は腰を折り、何が入っているのと興味を示してくる。

尻まで見えそうになったスカートに目もくれず、啓治は段ボールを押さえ続ける。本物の札束と決まったわけではないのだが、女より金かと意外な一面を見たような気がした。

詮索《せんさく》を恐れた夕香子がまず立ち上がり、どうぞと客をリビングへ誘導した。背後では啓治がガムテープを探し回り、なんとか封印に成功したようである。

「啓治から婚約祝いをもらえたなんて、信じられない。バイトだし生活もギリギリなんでしょ。どうしちゃったの。もしかして宝くじが当たったとか」

「競馬だよ。三連単が当たっちゃって」

「それって万馬券？　いくら買ってたの」

「配当は百倍くらい。千円買ってたんだ」

「すごい。百万円かあ」

「おう、ラッキーだった」

「啓治、違う。十万円だから。しっかりして」

婚約祝いを啓治からもらったのはバレたが、大西はその出どころを婚約者に話していないらしい。和佳奈は貧乏人からの万単位のお祝いを不審がっているが、とりあえず今のやり取りで競馬とごまかせた感じである。

よかったとホッとし、これでお祝い金の話題は終わってくれと夕香子は願った。

しかし和佳奈はしつこく、思いついた疑問をひとつひとつ啓治にぶつけてくる。

「直接渡せばよかったのに。なんでわざわざ口座に振り込んだの？」

「俺はほら、すぐ使っちゃうから。さっさとお祝いに回したほうがいいと思ったんだ」

「でも配当金の半分以上をくれるなんて、ずいぶん太っ腹だね」

「大西は大事な後輩だ。フィアンセの和佳奈も同じだよ」

必死のおべんちゃらは通じず、お祝い金への質問が止《や》むことはない。

「それに婚約祝いにお金ってめずらしい。普通はプレゼントなのに」

「俺たちって、センスがないから。趣味に合わないものをもらっても、嬉しくないだろ」

「じゃあ、結婚式のお祝いは？」

「やるよ。もう一回やる」

「信じられない。本当にどうしちゃったのよ」

「大西はかけがえのない友人だから。大好きな男には、その、幸せになって欲しくて」

返事がループしてきた。

フィアンセの無礼を止めようともせず、大西は先輩の狼狽《ろうばい》を楽しんでいる。

「金額は？　もしかして増やすのかな」

「それは未定というか。今回まとめてというか」

「うそ、これっきりなの？　もう一回あげるって、今言ったじゃない」

「いや、もしかしたら可能かもしれないんだけど」

「可能って、どういうこと。バイトのくせに、入金の当てでもあるの？」

「いや、あの、もう届いてるというか」

啓治の声はうわずっており、視線はチラチラと段ボールへ向けられていた。

バカ正直な男である。

このままでは押し切られて白状してしまうと、夕香子はアシストに入った。

「もういいでしょ。それより食べましょ。ちょうどお腹が空いてたから、差し入れは嬉しいな」

「スーパーので申し訳ないです。僕もそれほど余裕がなくて」

「でも結婚式はパーッと派手にやりたいのよね。一生に一度だもん。夕香子もそうでしょ。ドレスも着物もいっぱい着たいよね」

一つとはいえ、年下女に呼び捨てされイラッとした。

言葉づかいが幼くてアホっぽい分、ストレートに刺さってしまうのだ。

なぜこんな女を相手に選んだのかと、もう何回目かの疑問を抱く。二十九歳にして初めての彼女だと大西から聞いていたが、もしかして別れ方を知らないのか。もしくは別離後のストーカー行為を警戒して、ずるずる婚約してしまったのかと問い詰めてみたかった。

この女と一緒に食べるのはイヤだな。

そんな思いから夕香子は顔を横に向けた。視線の先には段ボールがあり、ついじっと見つめてしまう。唐揚げを口にする啓治も、チラチラと廊下を気にしていた。目ざとい和佳奈はふたりの視線を追い、箸を段ボールに向ける。

「あの箱って何？　もしかして猫ちゃんが入っているとか」

「違う違う違う。田舎から何か送ってきたんだよ。まだ見てないんだ。何だろうなって思って、つい視線が行っちゃった」

「だったら開けてみようよ。啓治の田舎って山形だよね。さくらんぼだったら冷蔵庫に入れたほうがいいよ」

「クール便じゃないから、生モノじゃないよ」

「気になるなあ。いいじゃん、開けようよ」

和佳奈は、言い出したら絶対に引かない。

すぐに腰を浮かして段ボールへと向かってしまった。大西は婚約者のワガママを止められず、先輩の啓治にすいませんと小声で謝る。聞き終える前に部屋主ふたりは立ち上がり、ワガママ女の後を追っていた。

「あれ、送り主って啓治の田舎じゃないよ。池袋からだし、中身はカミって書いてある。なんでウソつくのよ」

「いや、ああ、勘違いというか」

「ずいぶん重いわね。カミって何？　すごい貴重なもの？」

「本だよ、本。書き間違いだ。中身はすっごい貴重なもの。だから開けるな、頼むから」

必死の懇願《こんがん》が、逆に和佳奈を刺激した。

アイドル顔で小柄な彼女は、今まで何をしても許されて生きてきた。自分の無茶な行動で男どもが取り乱し、それを女どもから妬まれるのが快感だった。

今回もそれが通じると思っての行動だったが、部屋主たちの反応は違っていた。鬼の形相をした啓治にドンと背中を押され、百五十センチそこそこの彼女はカエルのように廊下に転がされた。

ぶざまなポーズを取らされた和佳奈は、激高して立ち上がる。

「なにすんのよ」

「おまえが悪いんだよ。人のモノを勝手に触ろうとしただろ。いい大人が恥ずかしくないのかよ」

「だからって突き飛ばすことないでしょ。中身は何よ。なんかヤバイものでも入ってんじゃないの？」

意地になった和佳奈が段ボールにしがみつく。啓治が引き離そうとしたところに、やっと大西が仲裁に入った。

「和佳奈が悪いよ。ちょっとしつこい。あと啓治さんも、女性に乱暴するのは良くないかと思います」

冷静な裁きに、皆が少し落ち着いた。

啓治は謝ったが、和佳奈はまだ口をとがらせたままである。

「ずいぶんと大事なモノみたいですね。差し支えなければ、中身のヒントだけでも教えてくれませんか。和佳奈も収まりがつかないだろうし、僕もちょっと気になってる」

「だから、まだ見てないんだよ」

「うそ。ほらガムテープがずれてる。貼り直したって感じ。もう、何なのよ。ますます気になって仕方がないじゃない」

中身を見せるまで、和佳奈はわめき続けそうだ。大西は送り状を見つめ、送り主の住所と名前を記憶している。

どうすべきか。

目配せを交わしているときに、夕香子のスマホから電話の着信音が聞こえた。

「取りなさいよ。なんで放っておくの？」

「あとでかけ直すから大丈夫。ねえ、和佳奈。もういいでしょ。中身は書籍よ。ちょっと恥ずかしいというか、いわゆるエッチな本も交じってる。留学生がくれたんだけど、それがいちばん上に入ってたから、焦って閉じ直したの」

「あら私は平気よ。外国のやらしい本を見てみたいわ。でもすごい大量ね。ねえユタカ、何冊かもらって帰りましょうよ」

何を言っても無駄なようだ。

一瞬だけフタを開いてごまかすしかない。

プチプチがいかがわしさを演出する可能性もある。大昔には、ビニール袋で包まれたやらしい本もあったというではないか。

よし実行だとガムテープに手をかけると、今度はラインの着信音が響いた。

緊急の用件じゃないかという雰囲気が漂い、皆が黙る。

「ちょっと待ってね。中身はちゃんと見せるって約束する。だから和佳奈もマナーは守ること。いいわね」

そう言いつけると、和佳奈は勝ち誇ったようにうなずいた。夕香子はリビングに置いてあるスマホを手に取り、メッセージを読む。

『そのお金は全部返してください。返さなかったらヤバイですよ』

趙季立からだった。

夕香子宛てにこっそりと遅刻を謝罪する坊っちゃんは可愛らしかったのにと、昼の授業で豹変した彼の舌打ちを思い返す。

スマホを握ったまま動かない夕香子に、三人が近づいてきた。あわてて隠したが、目ざとい大西は文面を把握したような気もする。

「誰から？　なんか深刻な顔してるけど、なんかあったの？」

「ご不幸があったらしい。和佳奈、僕らは帰ろう。啓治さん、夕香子さん、あとで連絡させていただきます」

さすがの和佳奈も、神妙な顔をする。

「うん、わかった。えっと、惣菜を食べて元気出してね」

フィアンセを先に玄関から出してから、大西が思わせぶりな視線を向けてきた。どう反応していいのかわからず、夕香子は曖昧に頭を動かして見送るしかなかった。

静かになった玄関先に、夕香子と啓治は腰を下ろす。

「助かったな。大西に借りができちまった」

「振り込みのことは彼女に喋るなって、口止めしたんじゃなかったの」

「したよ。でもどうしたんだろ。口の重い男なんだけどな」

「どうせ和佳奈の質問攻めに負けたんでしょ。何であのカップルを巻き込んだのよ。正直、彼らとはもう関わりたくないんだけど」

「大西に婚約祝いをあげたんだよ。大事な後輩だからな。いろいろ迷惑もかけてきたし」

だったら自分の金を出せと言いたかったが、今は揉めている場合ではない。趙季立からのラインメッセージと段ボールの送り状を見比べ、その結びつきにふたりは頭を悩ませた。

夕香子は恐る恐る、昼からの不安を口にする。

「あの引き落としがバレるってこと、あると思う?」

「まさか。彼の部屋に遊びに行ったときは偽名を使ったし、俺の本名を知るはずはないだろ。楠木も大西も、まったく無関係だ」

「でも送り主の住所は池袋だし、名前は大連公司でしょ。彼の実家って大連にあるのよ。だからこの段ボールは、趙季立から以外は考えられない」

なるほどと出所に納得した啓治だが、どうして宛名が俺なんだと指でなぞった。

「教室で名前を言っちゃったんじゃないのか。センセイ、彼氏いるのとか質問されて」

「それは絶対にない。私の住所は教務室から漏れた可能性があるけど、啓治との同棲が生徒に知られるってのはあり得ないはず」

「でもこうして荷物が届いたんだ。彼からだとして、何でこんなモノが送りつけられるんだよ」

オオハラケイジというカタカナに、メッセージが込められているような気がしてくる。振り込み先の名義であり、お前らだろうと突きつけられている以外考えられない。

「やっぱバレたんだよ。彼の口座に手出したのは、あの家庭訪問の夜だし」

「トークンを盗んだ日か。そりゃそうだ、お前が怪しいって坊っちゃんも気づくぜ」

「翌日に返したのもマズかったかな。対面授業だったし、学校に持っていったリュックにトークンが入ってたわけだし」

「いっそ捨てちゃえばよかったんだ。親切が仇《あだ》になったな」

のんきに笑う啓治を、怒る気にもなれなかった。

たぶん教務室でここの住所を聞き出したのだ。先生にお中元を送りたいとでも言えば、バイトの事務員ならポロッと教えてしまうだろう。

四件の振り込みの初っ端《ぱな》はオオハラケイジであり、教わった住所と名前を単純に組み合わせてみたのだ。番地と部屋番号さえあっていれば、荷物は案外届くものだ。

とにかく送り状に関しては、これ以上悩む暇はない。

肝心なのは中身の札束であり、ラインのメッセージである。

「返せってのは、タイミング的にこっちのお金よね。段ボールが届いて間もなく、坊っちゃんからラインが来たんだし。六時から八時って配達の時間指定もしてるし」

夕香子の指摘に、啓治は違うと首を振る。

「いや、返すべきは俺らが口座から抜いた金。段ボールのは絶対に返さない。だってこれ、ニセ物だもん」

幼児言葉を口にしながら、啓治は箱にしがみつく。

「だって宅配便で送ってきたんだぜ。誤送とか紛失とか、何かあったらどうすんだよ。だから中身はゴミで金じゃない。金じゃないから、これは返却不要だ」

ゴミだニセ物だと言っているが、顔は汗でテカっていた。内心は本物と信じ始めているらしい。

夕香子も、なんとなく本物じゃないかと焦り始めていた。

ただ啓治の盛り上がりとは違い、得体の知れない気色悪さを覚える。罠《わな》か策略が込められているような予感があり、その不安を啓治と共有したかった。

「彼って、とんでもない企画を仕掛けちゃう子なのよ。庶民をバカにしてるっていうか」

夕香子は昼間の授業で聞かされた誕生パーティーのことを話した。趙季立はアンタが思うより大物だと、島まで所有する富豪っぷりも教えてやる。そして実は油断ならない気質かもしれないと、迫力の豹変ぶりをしっかり付け加えた。

しかし啓治は三億円のパーティー予算だけに引きつけられ、ホテルの支配人たちに支払われた慰謝料に目を輝かせる。

「だったら段ボールの金も本物だよ。コレもドッキリのイタズラだ」

「誕生日のは、自分が楽しむためのドッキリでしょ。これは違う。なんかちょっと、挑戦的な匂いがするというか、仕返しが感じられるというか。それにイタズラなら、本物の札である必要もないじゃない」

「ニセ札だったら、リアリティに欠けるだろ。富豪さまはイタズラにも現金を使うんだよ。それに家庭訪問で話した坊っちゃんは、無邪気そのものだった。ガールフレンドも可愛かったし、満ち足りた好青年が何で教師に仕返しするんだよ」

「彼をだましたでしょ。部屋からトークンをちょろまかして、それで口座からお金を盗んだ」

「引き落としの合計は三十万円程度だし、そんなの坊っちゃんからしたら小銭だろ」

「金額じゃないの。非常勤の貧乏人にコケにされて、彼は頭に来ちゃったの」

夕香子の卑下《ひげ》に、啓治は口をとがらせる。

「で、この段ボールが仕返しかよ。でも別に俺ら、この宅配便に困ることないじゃん。ああわかった、大金もらって幸運すぎて、困っちゃうって感じ？」

箱から両手を離さず、啓治は支離滅裂なことを言う。大量の札束に我を忘れた貧乏人に、夕香子の不安は伝わらなかった。

肩を落とし、送られてきたメッセージをもう一度確認する。

『そのお金は全部返してください。返さなかったらヤバイですよ』

全部という指示が気になった。

今の啓治には、数個の札束を抜いてしまいそうな危うさが感じられる。

口座からの窃盗にネコババが加わったら、あの坊っちゃんは次に何をしてくるのか。

舌打ちの恐怖が耳に残っている夕香子は、面倒なことになったと頭を抱えた。

「返さなかったらヤバイって、どうヤバイんだろ」

「さあな。坊っちゃんにラインで聞いてみれば？」

「ちゃんと考えて。それにこのこと、学校にバレたらどうしよう。クビになっちゃう」

「ハローワークへ行け。もしくは転職アプリをダウンロードしろ」

脳天気すぎる彼氏に、夕香子は現実を突きつけた。

「彼が警察に訴えるってこと、考えないの？　口座を調べれば、すぐに私たちの仕業だってわかる。だましてトークンを盗んでるし、詐欺と窃盗で捕まっちゃうのよ」

「あ、そっか」

「この札束が本物だとして、金を宅配便で送れって命じられたとか、坊っちゃんがウソ証言したらどうすんの？　心証最悪じゃない」

まさかと笑うも、啓治は不安げに段ボールから手を離した。

「もう警察が、この部屋を取り囲んでたりして」

「やめろって。入り口はひとつだけだし、三階から飛び降りるなんて俺らにはムリだよな」

「外を確認してきたほうがいいかも」

冗談のつもりだったが、啓治は腰をかがめて玄関に向かう。そっとドアを開けて、左右を窺《うかが》う同棲相手が少し情けなかった。

大丈夫いなかったぞと真顔で報告され、夕香子は彼氏のバカさ加減に脱力する。緊張がほどけ、やや冷静に段ボールの中身を見られるようになっていた。

「とりあえず、プチプチから出してみようか」

「そうだな。表だけが子供銀行券で、中はコピー用紙かもしれない」

「だったらいいんだけど」

「ゴミだったら、着払いで送り返してやろうぜ」

無駄口を言うも、啓治は再び汗ばみ始めた。

まだネコババの邪心が残っているのかと、夕香子はガムテープを剝がす彼氏を呆れ顔で眺める。うわぶたを開け、中に両手を入れたところでガチャリと玄関が開いた。

大西が立っていた。

「和佳奈は駅まで送りました。ちゃんと改札を通ったのも確認したから、感謝してくださいよ。で、それは何ですか」

カギの掛け忘れを悔やんだが、もう遅い。

大西は段ボールの横にしゃがみ込み、プチプチ越しの中身を確認してしまった。

「これ、全部本物ですか」

「まさか。ゴミとかイタズラだろうって、いま話してたところだ」

「もしかして留学生の坊っちゃんのお金ですか。普通口座に三億円が入ってるって聞いたんですけど」

ドンピシャの金額を大西の口から聞かされ、夕香子は固まった。なぜ坊っちゃんの銀行残高を知っているのかと聞こうとしたが、大西は夕香子が口を開く前に質問をかぶせてきた。

「どうして彼から現金が届くんですか。もしかして弱みを握ったとか。啓治さん、恐喝は犯罪ですよ」

「そんなことするわけないだろ。突然こんなもんが届いて、いったいどうなってるのか、俺らも悩んでいるところだ」

「でも、もし成功の確率があるんでしたら手伝いますよ。おこぼれがもらえると助かります。婚約してしまったもんで」

「成功って、何に成功するんだよ。俺がやったのは、お前たちに送った安っぽい窃盗だけだ」

「悪いことをしたのに、どうしてさらにお金が送られてくるんでしょう」

質問攻めで相手の気を削《そ》ぐ振る舞いは、婚約者の和佳奈そっくりだ。

相手をした啓治は知らねえよと黙り、うんざりさせられた夕香子もさっきの疑問が薄れてしまった。主導権を奪った大西は、気分良さげに坊ちゃんからのメッセージを持ち出してくる。

「ラインには、返さないとヤバイって書いてありましたよね」

「それ、俺はまだ見てないから」

啓治はすっとぼけたが、大西には通用しなかった。

「返さなかったらどうなるんでしょう。というか、中身を確かめなくてもいいんですか。ラインにはその金って書いてありましたよね。本当に現金かどうか、ちょっと出してみましょうよ」

こんな男だったっけと、夕香子と啓治は目配せを交わす。無駄な引き伸ばしも効果なさそうだし、和佳奈を帰らせてくれた借りもあった。

仕方ないと、啓治がプチプチを剥いだ。

ふわりと新札の匂いが漂う。

ピシッと帯でまとめられた札束を、啓治はひとつ取り出して振ってみた。

「俺には本物に見えるんだけど、お前らはどうだ」

「ピン札の束なんて、触ったことない」

「一枚抜いて、ＡＴＭに入金してみましょうか」

「もう夜遅いし入金はムリでしょ。あと、口座をいじるのはもう避けたい」

「僕の口座を使ってもいいですよ。明日は土曜日で休みだから、朝一番でカードと通帳を持って来ます」

「俺ら、昼過ぎまで寝てるから」

積極的な大西に対し、啓治が予防線を張った。

ついさっきは大切な後輩だとかばっていたのに、現金を前に態度を豹変させた。仲間内でいちばん賢い男に、横取りされてはたまらないと思ったらしい。そんな先輩をあざ笑うように、ちょっと拝見と大西が札束から一枚を抜いた。

「てめえ、なにすんだよ」

「ほら、やっぱり本物ですよ。中央に透かしも入ってるし、両下のＬ字もちゃんと膨らんでる。間違いありません」

「ホントだ。ここだけ手触りが違う。知らなかった」

大西から手渡された一枚を、啓治は慎重に束に戻した。トントンと揃え、元のブロックに収めてプチプチで包む。それからブロックごとに箱から取り出し、三つを床に並べた。

「三億円か。確かに残高にあったけど、個人が現金化できるもんなのかな」

「身分証明書とハンコと通帳を揃えられれば、従うしかないんじゃないの」

「気分いいでしょうね。銀行員もペコペコでしょうし。コレ、返したくないですねえ」

大西のひと言に、三人は趙季立からの指示を思い出す。

「そういえば、どこに返すんだっけ」

「書いてない。池袋の部屋とか、指示してくれれば動きようもあるんだけど」

そこに再びラインが入った。

タイミングの良さが気持ち悪い。カメラか盗聴器でも仕掛けられているのではと、啓治は空箱をひっくり返したが何も出てこなかった。

スマホを手にした夕香子が、顔を青くして男ふたりに文面を見せる。

『女は預かった。殺されたくなければ、その三億円を返せ』

「殺」という物騒な漢字に、啓治が驚きの声を上げた。

「ちょっと待てよ。殺すって、あの坊っちゃんが人を殺しちゃうわけ?」

「やだやだやだ。もう土下座して謝ろう。こんなの、もう私たちじゃ手に負えないわ」

「女は預かったって、誰のことだ?」

「見当もつかない。どうしよう、大変なことになっちゃった」

涙目になる夕香子を気づかい、啓治がイタズラを持ち出す。

「ドッキリの一環じゃないのか。たとえば誘拐ごっことか」

「まだそんなこと言ってんの？　彼の実行力は本物だし、裏の顔もある。本当に恐い子なの。無視とか逆らうとかは考えないほうがいい」

声を荒らげた夕香子に叱られ、啓治はすまんと口を閉じる。坊っちゃんに会ったこともない大西はスマホの文面を見つめ、何か言いたげに部屋主ふたりを窺っていた。

「殺されたくなければって、俺たち、どうすりゃいいんだ？」

「警察に知らせるしかない。もう非常事態よ」

「でも、窃盗がバレちゃうっていうか」

「何言ってるの？　人の命がかかってるのよ。さっさと警察に電話して」

スマホに手を伸ばすと、落ち着いてくださいと大西が画面を見せつけた。読んでみてくださいと言われ、啓治が文面を口にする。後半に書かれた身代金の指示を繰り返し、三億円を返せとはどういうことだと夕香子と大西に判断を仰いだ。

「返せって、返却とかリターンとかでいいんだよな」

「僕はその意味で使ってますけど。あらためて聞かれると何か迷っちゃいますね」

「命令形？　返しなさいってことで正解ですか、センセイ」

あまりに基本的すぎて、夕香子も一瞬悩む。文脈で意味が変わることもあるが、ラインのメッセージ文に関しては返却以外の意味は考えられなかった。

うなずく夕香子を確認し、啓治が口もとをゆるめる。

「ちゃんと教育してやれよ。誘拐は身代金を求めて行うもんだ。だから脅迫文の最後は、金をよこせ、もしくは準備しろって書くのが正解だ」

「脅迫文の例文なんて、テキストに載ってないから」

「まったく、坊っちゃんにも困ったもんだな。本気で焦って損したよ」

気の抜けた啓治は床に腰を下ろし、勉強しないとバカが治らないなど失礼な事を言う。夕香子も思わず苦笑したが、脅迫文前半のこなれ具合に首をかしげる。

「ちょっと変ね。殺されたくなければ、なんて文法を彼が理解しているとは思えない。バカだし」

「翻訳ソフトを使ったんでしょう。しかしなぜ趙季立くんが身代金を準備して、わざわざ送りつけたんですかね」

夕香子は大西にも誕生日パーティーの話をした。それから授業の最後に、先生を驚かせると宣言されたことも教える。啓治は三億円送付をドッキリと決めつけ、ネコババされても知らねえぞとはしゃいでいた。

しかし夕香子は、女は預かったという脅しが気になって仕方がない。

返せという文末は確かに妙だが、それが間違いじゃなかったらどういうことかと考えてみた。

「私たちにこの三億円を返させるために、女を誘拐したってこと？」

「おいおい、大丈夫か。お前まで日本語が変になってるぞ」

「だってそうなるじゃない。現にここにお金が送りつけられてるんだし」

「さっきも言ったろ。誘拐は身代金を目的にやるんだ。何で女をさらったヤツが、お金も準備するんだよ」

「身代金の受け渡しが、誘拐のいちばんの難所って聞きますよ。ドラマでもあるでしょ。被害者が心理的にも物理的にも苦労して、指定場所に向かうって場面です。お金は重たいし、さらわれた大切な人の命が心配だし。手に汗握るクライマックスシーンですよね」

部屋主ふたりの疑問を解消するがごとく、大西が指を立てて自説を述べる。いまいち鈍い啓治にもわかるよう、くどくどと説明を繰り返すのが小憎らしい。

それかとピンと来た啓治が、不機嫌に舌打ちをした。

イヤな音だと、夕香子は眉をひそめる。

「貧乏人に大金を送りつけて、それを返却させるってドッキリかよ。ちょっと実家が金持ちだからって、人の心をもて遊ぶのは許せねえな」

「本当にそれだけかな。女は預かったって書いてあるけど」

「真剣味を持たせるために書いただけ。だって俺たちに、心当たりのある女なんていないんだから。アニメにもよく出てくるし、使ってみたかっただけだろ」

「じゃあコレ、返しちゃうんですね」

トントンと大西が札束を叩く。

趙季立と無関係のせいか、彼には余裕が感じられた。

夕香子はひとつ前のラインを表示し、最初の指示を確かめる。

「とりあえずお金は段ボールに戻そう。全部返せって書いてあるし、一枚でも欠けたら難癖《なんくせ》つけられるかも」

「そうだな。返せと言ってるけど、場所の指定はまだ来てない。それまではリビングに置いておくか」

「札束を数えるのも大変ですから、億のブロックのまま箱にしまいましょう。ちゃんと全部入れましたか。誰も取ってませんね」

「大西、おまえが仕切ってんじゃねえよ」

男ふたりが箱を移動させ、三人はテーブルを囲んで座った。大金を背に守る部屋主たちは、早く帰れと客に念じながらお茶を飲んだ。しかし大西は居座りをきめ、次の指示はいつですかねと成り行きを気にかける。返却までついてくる気かと、啓治は後輩のつき合いのよさを少しうっとうしく思った。

「ラインはまだかよ。もうこんなもんと一緒に過ごしたくないんだけど」

「ですよね。もし誰かに盗まれたら、どうなっちゃうんでしょう」

物騒な仮定を啓治は無視した。

夕香子はスマホをテーブルに置き、教え子の脅迫文を気に病んでいた。

「ねえ、預かった女って誰だと思う？」

「しつこいな。さっきも言っただろ。ちょろっと書いてみただけだ」

「そんな子じゃない気がするの。加減を知らないっていうか。誕生日パーティーだって、とことんまでセッティングしたんだもん。今回のも、細部までこだわるんじゃないかな」

「またエキストラを雇ったりして。いくらぐらい払うんだろ」

被害者の女にエキストラはアリかと、夕香子は少しだけ気が軽くなった。

啓治は誘拐ごっこだよと決めつけ、被害者役のギャラを口にする。十万円なら俺も女装するのにとふざけ、後ろの段ボールに背を押し付けた。三億円の背もたれですねと、大西が趙季立に興味を示してくる。

「その三億円って、父親が一時的に入金したマンションの購入資金なんですよね」

「よく知ってるな。誰から聞いたんだ？」

「もしかして楠木?」

　ふたりの問いに、大西は一瞬目を泳がせた。少しうつむき、そして素直にうなずきを見せる。

「僕にも、もっとくわしく教えてください。仲間外れは寂しいです」

　学生時代からよく知っている後輩である。

　おだやかな口調で聞かれれば、かたくなに拒むのは難しい。

「とにかく金銭感覚が私たち貧乏人と違うのよ。桁が違うって感じなんだけど、どのくらい違ってるのか見当もつかない」

「この現金が証拠だ。親の金で遊びやがって、憎たらしいな。バチが当たればいいのに」

「バチが当たってるのは私たちでしょ。口座に手出ししてから、もう散々よ。教室で恥をかかされたし。あの舌打ち、本当に怖かった」

　啓治は夕香子の怯えを実感できず、坊っちゃんの不機嫌に的はずれなことを言う。

「池袋に家庭訪問に行ったとき、もっと持ち上げてやればよかったんだ。ほら、上司なんかによくいるだろ。へつらわないと機嫌を損なうヤツ。俺、ちょっと居丈高《いたけだか》だったし、コケにされたと思われたのかな」

　ピントのずれまくった意見に、夕香子は返事をする気にもなれなかった。ふたりのやり取りを楽しげに眺めていた大西は、被害者役のエキストラ女性は中国人なんでしょうかと口にした。

言い終えてすぐ、ラインの着信音が鳴った。

ようやく返却場所の指示が来たかと、夕香子はスマホを操作する。

「え、和佳奈？」

口にガムテープを貼られた和佳奈の画像だけが送付されていた。

預かったという女は、大西の婚約者である和佳奈だった。

スマホを見せられた大西は彼女の名を呼び、テーブルに突っ伏す。

まだ無事みたいだからと慰めてみたが、彼は何も答えなかった。

しばらくそっとしておくことにし、ふたりはなぜ無関係な和佳奈が人質になってしまったのかを小声で話し合う。

「これ、本当に和佳奈か。彼女、留学生とは全然接点がないだろ」

「わかんない。やだ、本当に誘拐するなんて信じられない」

「何で彼女が、俺らの友だちだってわかったんだよ。学校で写真でも見せたのか」

「まさか。和佳奈なんかの写真、私は一枚も持ってないからね」

ついなんか呼ばわりしてしまったが、大西は反応せず突っ伏したままだった。

和佳奈をどこまで見送ったのか聞きたいが、嗚咽《おえつ》を漏らす男に顔を上げさせるのも気の毒だ。とはいえ帰路を知る後輩にも少し考えてもらいたいと、ふたりは和佳奈が狙われた経緯を普通の声で話し合った。

「誰かがこの部屋を見張ってたんじゃないかな。それで出入りする人間から、小柄で運びやすい和佳奈をピックアップして拉致したとか」

「それって今夜、大西たちが遊びに来なかったら無理だろ。飲もうって誘ってきたのは大西だ。コイツと留学生の接点はゼロだし、和佳奈が一緒に来るってのも知るはずはない」

「じゃあ私と啓治のどっちかをさらう予定だったとか。で、残ったほうに金を返させる、かな」

「かな、じゃねえよ。あの重たい段ボールを一人で運ぶなんて、絶対に無理だ。それは送った彼だって知ってるだろ」

「だよね。でもどうして和佳奈なんだろ。全然理由が思いつかない」

「すいません、僕が悪いんですっ」

突然、大西が声を上げた。

テーブルから上体を離し、深々と土下座して謝ってくる。

「和佳奈も悪い。あんな目立つ格好をしていたから。だから誘拐されたんですよ。年相応の服を着ろと前々から注意すべきだった。フィアンセである僕の怠慢《たいまん》です」

声がうわずり、語尾は涙に震えていた。

目立つ格好だけで誘拐されるのかと、ふたりは大西の見解を不可思議に感じた。さっきまでは朗々と話していたのに、急に低姿勢で反省するのも妙だ。

しかしフィアンセを拉致されて泣き続ける彼に、どうしてそう思うのかとは聞きづらい。

「警察に相談しようか。ほら、証拠のボコボコ写真もあるんだし」

「ダメだろ。相手は趙季立くんだ。誘拐解決と同時に、俺らの窃盗がバレる」

「じゃあ指示通りに三億円を返すしかないわね。ラインでしつこく言ってるのは、金を返せってことだから」

惜しそうな顔を見せる啓治から離れ、夕香子は大西の横にしゃがみこむ。

ようやく起き上がった大西は、画像の和佳奈にじっと涙目を向けていた。夕香子もスマホを再確認したが、オレンジ色のワンピースはさっき着ていたのと同じものだ。背景はほとんど写っておらず、アイラインの混じった黒い涙が痛々しかった。

彼女がこんな目に合うのも自分らの窃盗が原因かと、申し訳なさがこみ上げてくる。

「ごめんね。でも大丈夫だよ。十八歳の子どもがやってることだから。お金を返却すれば、きっとあっさり解決よ」

「すいません。赤羽の駅までは送っていったんだけど、特につけられている気配は感じなかった」

「電車内での拉致はたぶん無理よね。和佳奈って、どこに住んでたっけ」

「板橋《いたばし》駅です。赤羽から二つめ。わりとにぎやかな所なんだけど、どうやって連れ去られたんだろう」

「それは助けたあとに本人から聞けばいい。とにかく、さっさと返しちゃいましょ。もうこんなのに付き合っていられないわ」

夕香子は寝室に入り、大きめのカバンがないかと押し入れをかき回した。スポーツバッグ二つと旅行用のボストンバッグを取り出し、ホコリを払っていると後ろから啓治が寄ってきた。

「本当に返しちゃうのかよ」

「あたり前でしょ。実害が出ちゃったんだし」

「でも和佳奈は、俺らとそんな関係がないというか」

「人でなし。大西くんは大切な後輩でしょ。もとはといえば、啓治がやりすぎたから坊っちゃんにバレたの。彼、本気で怒ってるわよ」

「ボケッとしてたし純真そうだし、二百万円無くしても平気な富豪だろ。それに三億使って誕生パーティーでイタズラするんだろ。数枚抜き取っても、絶対にわかんないって」

そんなちょっかいが許される相手ではないと、何度説明すればわかるのか。

とはいえ啓治は池袋で話したおっとり坊っちゃんしか知らず、大西は端折《はしょ》った説明を聞かされただけだ。夕香子が率先して返却を実行しなければ、和佳奈の危機は救えない。

「きっぱり諦めなさい。私も反省してるし、和佳奈にも大西くんにも迷惑かけちゃったんだから。さあ、これにお金を詰めて」

命じられた啓治は、一億円のブロックを二つのスポーツバッグに入れた。

旅行カバンは小さく、バラして入れるしかなかった。

プチプチに包まれた一億円は現実味が薄いが、むき出しになった札束は妙に生々しい。それらが自分のカバンに入れられたことにより、夕香子の気持ちが少しだけ揺れた。

趙季立は、本当に一枚残らず確認するのだろうか。

いや、銀行やATMにカウントさせれば正確だ。一枚の欠けもバレると夕香子は気を引き締める。ネコババと全額返済に揺れた今の自分が、坊っちゃんにあざ笑われている気分だった。

啓治がスポーツバッグの肩ヒモを確かめるように持ち上げている。正社員だった頃、フィットネスクラブに通うのに使っていたものだ。やっぱ重いなと床に置き、いったい何キロだとスマホで検索する。

「一億円は十キロだって。米袋の大きいやつと同じくらいか。カバンのヒモが切れるとやっかいだな」

「肩に担ぐのもしんどい。カートがあったらよかったのに」

「アマゾンの当日お急ぎ便で頼むか」

「あれは午前中に注文しないとダメだから。今夜、返却しちゃうんだし、無駄使いはもったいないわよ」

「景気よく飲み食いしたのも、ただの贅沢になったわけか。悪いことはできないな」

啓治は軽口を叩きながらリビングに戻った。

部屋主たちの準備を見ていた大西が、もう大丈夫ですとカバンの運搬を手伝う。涙はすっかり乾いていて、重いですねとスポーツバッグひとつを玄関まで運んだ。

「留学生の部屋に行くんですか。だったら僕がタクシー代を出しますよ」

「割り勘でいいよ。発端はこっちなんだから」

「でも、本当に彼の部屋でいいのかしら」

そこにラインが入る。

三人は顔を見合わせ、そして夕香子のスマホに注目した。

『赤羽駅の北口に持ってきてください。丸い柱があります。いまから三十分後です』

大西が腕を組み、壁の時計を見た。

指定時刻は午後九時ということになる。

「さっきからタイミングが良すぎますね。まるでこちらの会話を聞いているみたいです」

「札束の中に盗聴器とか。段ボールの中にはなかったぞ」

「盗聴器ってそんな小さいんだ。というか、学生が買えるものなの」

「ネットで簡単に買えますよ。小さいのもありますし」

「ちょっと調べてみるか。プチプチと札束の間かな」

「時間がありません。今は駅に行ったほうがいいんじゃないかな」

大西が急がせてきた。

確かに身代金の受け渡しに遅刻は厳禁である。

盗聴方法は気になったが、人質の安全のほうが大切だと急ぐことにした。

「駅で受け渡すとして、一人じゃお持ち帰りできないよな」

「使用人と一緒に来るとか。近場にリムジンでも止めてるんじゃない」

「センセイ、叱ってくれよ。もうこんなイタズラはしちゃいけませんってな」

叱られるべきは窃盗した自分らなのだが、重さにイラつく啓治は忘れているようだ。

まずはこちらから謝罪だと言おうとしたが、大西が横に立っていた。後輩の前で注意されればへそを曲げるかと夕香子は黙った。

自分が窃盗を告白し、そして謝る。

そうすれば啓治も続くだろうが、大西の前で生徒に頭を下げるのがイヤだった。和佳奈に黙っててくれればいいが、どうせ押し切られる。カッコ悪いなと、大西の同行が恨めしくなった。

彼がいなかったら、媚びへつらっていくらでも謝れる。

啓治だって、それは同じだ。

というか、後輩を横にした啓治がちゃんと頭を下げるのか不安になってきた。そもそも今夜、大西と和佳奈が来なければ誘拐騒ぎもなかったんじゃないかと、見当違いな怒りもわいてくる。

何で来たのよと思いながら後ろを振り返ると、大西はカバンの重さに顔をしかめていた。それでも大丈夫ですかと啓治を気づかい、玄関ドアを押さえてやっている。和佳奈がすいませんと恐縮する後輩を恨むのはよくないかと、夕香子はカバンを肩に掛けた。

駅まで、徒歩十分。

三階分の階段を下り、路上でひと息つく。

「重すぎ。自転車を使おうよ」

「前と後ろにカバンを載せて引いていこう。自転車置き場は少し離れてるけど、大金を担いで歩き続けるよりずっと楽だ」

しかし、合計三十キロである。

啓治がカバンを載せてみたが、なかなかバランスが取れない。縛るヒモもなく、荷台から落としたときのドサッという重音に、三人はあわてて周囲を見回した。

「どうしよう、なんかすごい緊張してきた」

「平気な顔をしろ。お出掛けのふりをするんだ」

「米袋を三つ持って、楽しくお出掛けできるわけないじゃない」

「じゃあ米屋の気持ちになれ。配達と思えば耐えられる」

「だったら啓治は背負って歩いて。私と大西くんが自転車を使う」

「いや全部、自転車に載せましょう。協力すればバランスは取れますよ」

啓治がハンドルを握り、荷台のカバンを大西とふたりで左右から支えることにした。

二等辺三角形のフォーメーションで、夜道をノロノロと歩く。

「なんか行商人みたいだな。ちょっと怪しくないか」

「仕方ないでしょ。あと、下手な会話はしないほうがいい」

「そうだな。じゃあ大西、最近、仕事の調子はどうなんだ」

急に雑談を振られた大西は、専門用語中心でエンジニア業の話を始めた。文系の非正規カップルはまったく理解ができず、うんうんと相づちを打つしかない。話題を変えたかったが、生真面目な大西はボソボソと仕事の苦労を語り続ける。できれば転職したいと愚痴が出たところで、自転車置き場に到着した。

「助かったよ。大西のトークのおかげで、怪しまれずに駅に到着できた」

「お役に立てて何よりです」

「でも大金を持って改札の前に立つのってイヤよね。外は暗いからいいけど」

「帽子でもかぶってくればよかった。マスクもな」

「そんな怪しい格好で、三億円と一緒に立つ度胸はないわよ」

「人質と身代金の交換か。ちゃんと和佳奈を連れてくるのかな。もしくは金を受け取った後に、彼女の居場所を教えるとか」

いよいよだなと大西に声掛けすると、目をしばたたかせて無言でうなずく。夜道では気づかなかったが、街灯に浮かんだ彼の顔は苦渋に満ちていた。

「大丈夫よ。これを渡しちゃえばおしまいのはず」

「人質救出のためにおまえも頑張ったって、和佳奈に言ってやるよ」

「もうすぐ時間だから。急ぎましょ」

励ましの言葉は、自分らにも向けられていた。どんな受け渡しになるのか想像もつかず、三人は顔をこわばらせて駅構内へと向かう。

指定された改札前の柱に、並んで立った。

午後九時を過ぎていたが、ターミナル駅はまだまだ混雑が続いていた。足元にカバンを置き、夕香子と啓治は改札から出てくる人々の顔に目を凝らす。

「電車で来るのかな。ひとりで持ち帰るのは無理だよね」

「タクシーで来て、一緒にそこまで移動とか」

「どちらにしろ早くして欲しい。なんか気持ち悪くなってきた」

啓治をまん中に、三人は立ち続けた。

だんだんと焦りが増し、つい天井や周囲を見回してしまう。

「駅構内には監視カメラがあるのよね。私たち、駅員に注目されてたりするのかな」

「まだ大丈夫だと思うけど。でもやっぱ足元が気になるな」

「万が一、盗まれたらどうなるんだろ。受け渡しまでは私たちの責任になるのかしら」

「そんなの知らねえよ。命じたのは坊っちゃんだ」

「置き引きには注意しましょう。お互いもっと近づいたほうがいいかもしれない」

それぞれがカバンの持ち手ヒモに足を入れ、一歩ずつ近づいた。田舎から出てきたばかりのお上りさんと見えなくもないが、顔の汗が尋常ではない。飲み物もないまま立ち続けるうちに、我慢は限界に達した。

「もう三十分も遅れてるぞ。何だよ、放置プレイかよ」

「私に怒らないでよ」

「怒ってねえよ。何なら全裸で待っててやろうか」

「啓治、声が大きい。警察に質問されたらどうするの」

「また会社の話でもしましょうか。僕らの会社って男ばかりで、みんな結婚に焦ってて。でも結婚なんて、そんないいものとは思えないんですけどねえ」

「大西くん、落ち着いてるね。和佳奈が大変なのに」

「彼女の話はやめてください。心配を口にすると震えそうで、だからちょっとボケてみてるんですよ」

弱々しく笑ったが、メガネの奥の目が冷たい。ボケてくれた結婚話には、嫌悪感が込められている気がする。

ちらりと啓治を見たが、怒りのせいでふたりの会話は耳に入っていなかったらしい。

まいったなと横を見ると、駅員がこちらに歩いてきた。

ひじで啓治をつつき、足をヒモから抜く。

しかし身体から離すのも不安で、つま先でカバンを押さえながら通り過ぎるのを待った。質問されたら故郷の秋田弁を話そうと身構えていたが、あっさりと目の前を通過し、去っていった。

「焦っちゃった。私たち、特に目立ってないよね」

「自意識過剰だよ。カバンの中身は誰にも見えてないんだから」

「それにしてもどうしたんでしょうね。まだ待たなくちゃいけないんでしょうか」

そこへラインの着信音が鳴った。

『やっぱり今日はやめましょう。カバンはお持ち帰りください。ご苦労様でした。明日の指示をお待ちください。お金、なくさないでくださいね』

バカにした文章に、啓治が舌打ちする。

大西はメガネを押し上げて、ため息をついていた。

「本当に放置プレイされるとは思わなかった」

「遊ばれてるな。ちっくしょう、ふざけやがって」

「怒らないで。気持ちはわかるけど、あとは部屋で話そう。緊張で疲れちゃった」

「僕が和佳奈と一緒に帰ってれば、こんなことにならなかったんでしょうか」

「それもあとで。とにかく帰ろう」

帰りは皆が無言だった。

十時過ぎに部屋に到着し、リビングの隅にカバンをまとめる。盗聴器を探そうかという大西の提案は、不機嫌な啓治に却下された。

「いいよ、もう。どうせなら聞いてもらおうぜ。おい、お前ら遊んでるんだよな。俺たちをからかって楽しんでるんだろう」

カバンに向かって言ってみたが、ラインに返信は来なかった。

夕香子は駅で送られた指示文を読み返し、ミスひとつもないこなれた日本語を怪しむ。趙季立が書いたとはとても思えず、協力者の存在を確信した。

ガールフレンドの王萌佳だろうか。

しかし塾にも通っているが、彼女もまだ書き間違いは多い。

仮に盗聴器が仕掛けられているとして、自分たちの会話はかなりのスピードで交わされている。省略の多い友だち言葉を、初級の留学生たちが理解できるはずがない。

「日本人が参加している気がしてきた。じゃないと聞き取りも書き込みも無理よ」

「僕もそう思ってました。夕香子さん、心当たりはありますか」

「来日して四ヶ月だし、まだ日本人の友だちはいないんじゃないかな。親戚や係累《けいるい》もいないって聞いてるけど」

「こっちの行動が筒抜けだからな。大西、お前がスパイじゃないのか。ちょっとポケットを調べさせろ」

「やめなさいよ。フィアンセの和佳奈が拉致されてるんだよ」

そうだな悪かったと謝る啓治は、いつの間にか缶ビールを開けていた。それを見て自分ものどが渇いていたことを思い出す。夕香子は冷蔵庫からペットボトルを取り出し、コップをふたつ持ってリビングへと戻った。

お茶を注いで大西に渡すと、全部を一気に飲み干した。おかわりを注いでやると、心なしか手が震えているような気がする。

和佳奈が心配なのか、それともスパイ扱いに気を悪くしたのか。

両方かなと思いながら、夕香子は今後に話題を切り替える。

「明日もあのカバンを持ち運ぶのよね。今度はどこだろう」

「池袋の部屋にしてくれないかな。どうせ和佳奈もそこだろ」

「ちゃんと食べさせてもらえてるかな。口にガムテープなんて、ちょっとひどいよね」

大西の反応を見ると、ああそういえばと苦しげに眉をひそめた。

今夜の彼はコロコロと、表情が変わる。こんな大西は珍しい。

スパイじゃないかと啓治に指摘されていたが、それが事実ならいろいろと辻褄《つじつま》が合ってくる。今夜、彼らカップルが部屋に来たから誘拐が成り立ったのだ。

しかし盗聴器のチェックを提案したのは大西だし、趙季立との接点がないとスパイも無理だ。でももしかしてと疑惑と信頼とで思考が揺れる。

早まった決断は十年来の友だちに失礼だと、夕香子は疑いを保留にした。

「安心しろ、和佳奈は無事だ。今日は帰ってゆっくり寝ろ。明日は俺らだけで行動してもいい」

「そうはいきませんよ。僕も行く。そうしないと婚約破棄されちゃいますから」

「そんな惚《ほ》れ込んでるなんて、ちょっと意外だわ。和佳奈から熱烈にアプローチしたとばかり思ってた」

「どうなんだ、大西、答えろよ」

酔っぱらいの絡みを、大西は笑ってごまかす。ほんのり頬が赤く染まったが、腹に力を込めればそれは可能である。

「お言葉に甘えて帰らせていただきます。趙季立から連絡があったら、すぐに教えてくださいね。和佳奈が……心配ですから」

取ってつけたような間を挟んで、大西が額を手で押さえた。啓治がポンと肩を叩き、玄関まで見送ってやった。

リビングにふたりきりとなり、啓治がカバン三つを座卓に載せた。盗聴器を探そうと、プチプチに手をかける。

「やめなよ。あとでまとめるのが面倒だし」

「のん気だな。この会話も聞かれてるかもしれないんだぞ」

「四六時中、聞いてるわけないでしょ。それに市販の盗聴器って、そんな高性能なものなのかしら」

「アニメだと、犯人にバッチリ聞こえてるだろ」

「そこは映画かドラマにしてよ。あとプロが使うのと市販品は違うから」

「でも素人盗撮ビデオは、息づかいまではっきり聞こえてるし」

「あいうのは、そういう設定で制作してるのよ。というか、私は大西が怪しい気がするんだけど。札束の中じゃなくて、彼がポケットに忍ばせていたんじゃないかな。もしくはスマホで中継してるとか」

啓治が目を見開く。

そして絶対に違うと言いながら、プチプチを剝がし始めた。

「なんでアイツを疑うんだよ。絶対にこの中にある。大西はいいやつなんだぞ。学生時代に金を貸してくれたし、おごってくれたし。先輩の俺がバイト生活になっても、変わらない友情を示してくれている」

理由は情けないが、啓治は本気で後輩を信じていた。

さっきのスパイ扱いは、冗談だったようだ。

確かに大西は学生時代からずっと啓治を慕っている。飲み会や合コンに引っ張り回され、徹夜麻雀につき合わされてもニコニコしていたことを思い出す。

顔立ちが冷たく見えるせいか、大西は誤解されがちだった。同学年に馴染めず、サークルの端の席でぽつんと座っていたのを、啓治が仲間に入れてやったのである。

面倒見のいい啓治は卒業後も連絡を途切れさせず、関係は今も続いている。それは夕香子も同じだった。

疑心暗鬼が過ぎたかと反省していると、啓治があったと叫ぶ。

「ほら見ろ。やっぱり札束にくっつけていたんだよ」

うれしそうに、いかにも安物の市販品を見せつけてきた。

とてもじゃないが、自分たちの会話を中継できそうなシロモノではない。酔っぱらいに見つかるような雑な装着も怪しいのだが、男ふたりの友情を気づかった夕香子は、よかったねと一緒に喜んでやった。

「他にもあるのかな。あとGPSも付いているかもしれない」

「あり得るわね。残りふたつも調べてみましょう」

アホさ加減がかわいらしく、夕香子は同棲相手の横顔を見つめた。こんな男が営業に来たら、つい商談を成立させちゃうよなと口もとがゆるむ。高望みが過ぎて再就活は上手くいっていないが、中小企業なら再就職先もすぐに見つかるだろう。

どうせ明日には、このゲームも終わる。

自分ら小市民は、地味に働いてつつましく生きていくのがお似合いである。誘拐騒動が終わったら、自分も正規雇用を目指そうと夕香子は作業を見守った。

夏が過ぎれば、大学受験の準備が本格化する。進学を目指す留学生たちが遊んでいられるのも、あと数週間といったところだ。趙季立はともかく、優等生のガールフレンドは塾の夏期講習に通うと聞いていた。

脅迫文の書き込みを手伝ったのは、ガールフレンドの塾の先生だろう。大学に進学した中国人留学生が塾講師になることは多く、やたら丁寧な文を作るのも、優等生の特徴だった。

もしくは坊っちゃんが通訳を雇ったのかもしれない。物騒な案件だが、彼なら金で秘密を守らせることも可能だろう。

和佳奈の画像をどう考えるかだが、フォトショップで加工すれば悲惨な画像もすぐ作れる。クラスメートの周青麗は美大進学を目指しているから、きっと彼女に頼んだのだ。データ送信に慣れている若者だから、脅し用の画像なんてあっという間に準備できる。

しかし誘拐だけは、やりすぎだ。

この件だけは注意してもいいかなと思ったところで、ポンとカバンを叩く音がする。

「盗聴器は一個だけだった。他には何も見あたらなかったよ」

「ご苦労さま。もう大活躍じゃない」

照れ隠しか、啓治が抱きついてきた。座卓には取り外した盗聴器が置かれており、おもちゃとは言ったものの一応は気になってくる。

「生徒に聞かれちゃう」

「いいよ、おもしれえじゃん」

調子こいた啓治に押し倒された。首すじに舌をあてられ、夕香子はやめてとささやく。

座卓の中継装置に興奮させられたが、聞き手が趙季立だけとは限らない。それにタダで楽しませてなるものかと、夕香子は啓治を押しのける。

「うそ、やめるのかよ。俺、すごい盛り上がっていたんですけど」

「ごめん、今夜はいろいろ気になっちゃって。明日の夜にしましょ。すべて終わるわけだし。そしたらもう、何でもオッケーだから」

素直で単純な男は、約束だぞと衣服を整え直した。安物の盗聴器をわざわざ元に戻し、カバン三つを部屋の隅に置く。

返却という処置が決まれば、三億円もただの預かりものである。もはや手出ししようという欲も萎えた。小市民のふたりは不埒な考えを起こさず、明日に備えておとなしく寝ることにした。

●十一日目

翌日、午後一時。

起き抜けに、ラインが入った。

非正規ふたりが、午前中は寝ていることを知っているようだ。

『北池袋の王華飯店《おうかはんてん》にお金を持ってきてください。ネットで調べれば場所はわかります。受け渡しは店内で行います。午後四時、遅れないでください』

だんだんと文章が長くなる。

昨夜は通訳を雇ったのではと考えたが、送信のタイミングが自分らの生活習慣に合いすぎている。和佳奈の誘拐も交友関係を知らなければ無理であり、坊っちゃんサイドに知人がいるという確信を夕香子は持った。

「こいつが誰か知りたいのよね。首謀者は絶対に指示文を打ち込んでるヤツ。趙季立がリーダーシップを取れるわけないもの。それに飽きっぽいから、昨夜の放置プレイで満足すると思うのよね」

「どっちでもいいよ。文章は翻訳ソフトを使ったんだろ。最近のは優秀だから。それより大西に連絡しろよ」

「午後二時に、この部屋に集合でいいかな」

「ああ、まかせた」

啓治も気持ちが冷めつつあるらしい。

寝物語《ねものがたり》でお金を奪って逃げようかと話してみたが、かなり面倒だとわかった。

海外に飛ぶとしても、現金の持ち出し制限がある。それに見知らぬ土地でのふたりきりの生活はつまらないと意見が一致した。

国内で逃亡生活をするにしても、億の金を自分らの通帳に入れるわけにもいかず、持ち歩くしかない気がした。マンションでも買えば一気に減るが、現金一括払いはどうやればいいのか。何千万円もＡＴＭに突っ込めないだろうし、不動産屋の机に金を積み上げれば怪しまれるだろう。

処理知識のなさに、大金へのテンションが下がってきた。逃げる意欲を出すために極悪行為でもしようと考えてみたが、殺したい人間もいないし、窃盗はバレたら大変だと身をもって知っている。

自分らは、犯罪に向いていないとの結論に至った。

だから三億円は返す。

でも運搬のお駄賃は欲しいね、二百万円くれないかなと期待しつつ、小市民のふたりは眠りに落ちたのだった。

午後二時、時間ぴったりに大西は到着した。

デキる男は、ネットで王華飯店を確認済みである。

「個人経営のラーメン屋ですね。知り合いでしょうか」

「貸し切りにして、待ち構えているんじゃないかな。午後四時なら、お客さんも少ないでしょうし」

「駅の改札よりはマシだよ。今度はタクシーで行こうぜ。まったく、コイツらと関わり始めてから出費がかさんでばかりだ」

ふたりの窃盗が発端なのだが、啓治はすっかり忘れて機嫌をこじらせている。フィアンセを人質にとられている大西が、すいませんとタクシー代の負担を申し出た。昨夜の友情と思いやりはどうしたと啓治を叱り、夕香子は割り勘を取り決める。

大通りまでカバンを肩に掛けて歩き、タクシーでラーメン屋へと移動した。

少し手前で降りて、再び現金入りのカバンをかつぐ。米袋を持ち歩くような苦行はこれっきりにしてもらいたいと、数分を黙々と歩いた。

古びた中華料理店の引き戸は閉じられており、土曜日だというのに客の気配が感じられない。

「廃業してないよな」

「本当の誘拐ならそれもアリだけど、ちゃんとネットにも出てるんだし」

「夕方までの中休みじゃないですか。その数時間を彼が貸し切ったんでしょう」

「受け渡しは店内でって書いてあったから、入るしかないよね」

啓治を先頭に中に入り、最後の大西が後ろ手で引き戸を閉めた。

薄暗い店内に、人の気配はない。

シチュエーション的に、和佳奈が猿ぐつわでイスに縛られているのではと目を凝らしたが、やはり誰もいなかった。

静寂のまま三分ほどが過ぎた。啓治が咳《せき》払いをしてみたが、誰も出て来ない。

「どうしましょう。声を掛けてみますか」

「まだ昼間だから、こんにちは、でいいか」

「刑事モノのドラマなら、名前を名乗るんだけどね」

「俺の名前、言ってみるとか。ケイジだけに」

あまりのつまらなさに、夕香子と大西は横を向く。

悩んだあげく、普通の入店のご挨拶となった。

「あの、ごめんください」

啓治が小声で声を掛けたが、反応がない。

「もう少し大きい声で言ったほうがいいんじゃない」

「いや、でも恐い人が出てきたら困るし。チャイニーズマフィアとか」

「バカじゃないの。いいから早く」

「和佳奈も奥にいるんでしょうか」

「受け渡しって書いてるもの。人質と交換ってことでしょ」

「ですけど、人の気配がまったく感じられないんですよね」

ささやきを続けるうちに、天井の照明がついた。

のそりと中年のオヤジが厨房から現れる。しばらく無言
白い調理服を着て調理帽もかぶっており、どう見ても料理人である。

で見つめ合ったが、あごで席を示され、三人はその通りに移動した。

「座って」

ぶっきらぼうな言い方に、客商売の愛想は感じられない。店主も脅されているのか
と、夕香子は気を引き締める。彼はいったん厨房に引っ込み、それから水を三つ持っ
てきた。

「ご注文は？」

「えっと、あの、今は営業中なんですか」

店主はこくりとうなずく。

黙ったままテーブル横に立たれて間が持たず、大西が壁のメニューから塩ラーメン
を注文した。本当に頼むのかと驚いたが、そちらはと聞かれれば続くしかない。

「味噌《みそ》ラーメン、ふたつ、お願いします」

店主は無言で厨房へと去っていった。

「なんかイヤな予感がする。これもお遊びじゃないかな」

「だったらこの金をもらうまでだ。もうつき合っていらんないよ」

「和佳奈はどうするのよ」

そうだったと啓治が謝る。

自腹の身代金じゃないだけに、和佳奈の危機を忘れがちだった。

「次の指示はないんですか。テーブルの下にバッグを置いておけとか」

「何もない。また持ち帰れってことになったりして」

うんざりしたところにラーメンが運ばれてきた。起きてから何も食べていないだけに、美味しそうな匂いがたまらない。

「とりあえず食おうか。塩もうまそうだな」

「ひと口あげますよ。味噌はチャーシューがたっぷりですね」

「ただの味噌じゃなくて、味噌チャーシューだと勘違いしたんじゃないかな。やだ、九百八十円か。贅沢しちゃった」

「いいよ、うまいから。ほら大西にも一枚やるよ」

「すいません。塩もひと口どうぞ。あっさりしてて僕は好きです」

万が一を考えて、店側に気を使ったおしゃべりを続けた。

店主を装った悪人かもしれず、言葉の揚げ足を取られて食事中に襲いかかられてはたまらない。

おいしいを連呼して、ラーメンをすすり続けた。

すっかり食べ終えてしまったが、次の指示はまだ来ない。水をお代わりしたが店主の態度には変化がなく、レジの横に座ったままスポーツ新聞を読んでいた。

「お会計しましょうか。そこで何か言ってくるかもしれない」

「そうかも。顔立ちが中国人っぽいし、趙季立たちと関係がありそう」

「へえ、さすがだな。どこらへんが日本人と違うんだ？　俺は全然わからない」

店主がちらりと視線を向けてくる。

話を盛っただけの夕香子は返答に詰まり、なんとなくそう思っただけと赤面してうつむいた。

「よし、行くか。別々に払ったほうが時間が稼げるから、ワリカンだぞ」

「カバンはどうするの」

「レジに持って行くしかないだろ」

満腹に、十キロのカバンはこたえた。

モタモタと支払い終えても、店主は何も言ってこない。重そうなカバンに注目することもなく、どうもの一言とともに厨房へと消えていった。

三人は外に出て、足元にカバンを置いた。

「やっぱりな。こんなことだと思ったよ」

啓治がカバンを蹴ろうとして、地面への足踏みに変えた。

やはりお金に無体《むたい》なことはできないものである。

ラインでどうしたのかと問い合わせたが、今度は既読もつかない。夕香子はしゃがみ込み、盗聴器に向けて語り掛けてみたが、カバンとお話しするヘンなお姉さんという結果にしかならなかった。

いつまでも店先にいるわけにもいかず、十キロの重みに苦しめられながら大通りへ歩いた。ラーメンとタクシー代の出費を惜しみながら、帰りは赤羽のマンションに横付けする。しかし階段の上りはキツく、運動不足の非正規たちは息を切らす。

昨夜同様の無様な結果に、ずっと耐えてきた夕香子も愚痴が出た。

「もう信じられない。バカにするにも程ってものがあるわよ」

「振り込んで返しちゃおうぜ。授業の動画が残ってんだろ」

「あれはログイン用のＩＤとパスワードだから。銀行の口座番号とは別モノなのよ」

「そういえば振り込み先として打ち込んだのは、俺の通帳の口座番号だったな。ログイン用のＩＤ宛てに、振り込みはできないんだっけ？」

そうだと、夕香子はうなずく。

「じゃあ日本語学校に電話しろ。そして事務員に、趙季立の口座番号を教えてもらえ。センセイならできるだろ」

「個人情報を簡単に教えるわけないでしょ」

「だったら学校に行って、こっそりコピーして来い」

「いやよ。バレたらクビになっちゃう。それにどうやって三億円を振り込むのよ。ATM？　それとも銀行に持っていくの？　というか、もう持ち運びはたくさん」

ヒステリー気味に叫んだ夕香子を大西がなぐさめたが、なかなか怒りをおさめられない。どうせならと、溜《た》め込んできた不平不満を夕香子は吐き出す。

「あと、何で楠木は来ないの？　四人で分担すれば、もっと軽くできた。アイツがいちばん受け取り金額が大きいのに、運搬に参加してないなんてズルいじゃない」

「締め切りで忙しいって言ってたから。それと一億円ずつで切りよく分けちゃったから、この三人のメンツになっちゃったというか」

「四でも割れるでしょ。ひとり七千五百万円。アンタって本当に数字に弱いんだから」

「ブロックをバラすなって言ったのは、夕香子だろ。俺はそれに従ったまでだ」

そんな痴話げんかの最中に、大西のスマホが鳴った。

もしもしと緊張気味に大西が出ると、キンキンした女声が漏れ聞こえてきた。

「和佳奈か。おまえ、無事だったのか」

『大西くん、今どこ？　部屋に行ってもいないんだもん』

「啓治さんの所にいる。僕は何回も連絡したのに、どうして返事をしなかったんだ」

『やだ、連チャンで啓治の部屋なんて、ホントに仲良しね。ああ、飲み会でしょ。なんで誘ってくれないのよ。すぐ行くから、私の分も残しておいてよね』

通話が切られ、大西はぼうぜんとスマホを見つめている。相手が誰かを理解した夕香子は、どういうことと肩を揺すった。

「僕もわからないです。いつもどおり元気そうでしたし。あのボコボコにされた画像って、ニセモノだったんでしょうか」

「さっきのラーメン屋だって、だまされたようなもんじゃない。和佳奈の写真も加工したに決まってる。本当にバカバカしいわ。訴えて慰謝料をもらいたいくらい」

「絶妙だよな。警察にも言えないし、こっちの身元はバレてるし。ホントいいように遊ばれてるって感じだ。ちくしょう、憎たらしいな」

「とにかく和佳奈を待ちましょう。今までどこで何をしていたのかが、きっと今後のヒントになる」

一時間後、ストレスが充満している部屋にチャラついた和佳奈が到着した。

昨夜と同じオレンジ色のワンピースを着ているが、ばっちりとメイクは決まっている。おみやげだと機嫌よく紙袋を差し出す彼女に、疲れはまったく見られなかった。

「和佳奈、おまえ、昨日の夜はどこにいたんだ」

ドスの利いた声で啓治に問い詰められ、和佳奈は不思議そうに大西を見た。

とにかく座れと手で示され、婚約者にぴったりくっついて横座りする。短いスカートが太ももまでまくれたが、生足には傷ひとつ見あたらない。

「なんで啓治に怒られなきゃいけないのよ。親でも恋人でもないのに」

「怒ってない。ただ気になっただけだ。昨日の夜、この部屋を出てからの行動を教えてもらうと助かる」

いくぶん声をやわらげたが、ヘソを曲げたワガママ女はすぐに答えず、のどが渇いたと駄々をこねる。夕香子が立ち上がり、自分たちの分のビールと缶チューハイもテーブルに置いた。

飲まないとやっていられなかった。

注目されているのを意識してか、和佳奈はゆっくりとピーチサワーのプルトップを開ける。早くしろとばかりに、啓治は彼女より先に缶ビール半分を飲み干した。

「大西くんに言われたとおり、部屋に帰ろうとしたのよ。埼京線《さいきょう》に乗って、板橋駅で降りて。そして歩いてたら、女の人に話しかけられたの。中国の人で、カタコトしか日本語がわからなくって。宿泊先のホテルにどう行けばいいのかって聞かれて」

「どこのホテルだ」

「新宿《しんじゅく》のパークハイアット。観光で来て、道に迷ったのね。で、ひとりで歩くのは怖いって言うから、一緒に行ってあげたんだ」

観光客がただの住宅街にいるのを怪しまないのが、和佳奈という女である。

和佳奈は真剣に聞き込む夕香子たちを見回し、気分良さげに人さし指をほおに当てた。すぐに続きを言わず、無駄に考え込む仕草にイラつかされる。そのおちょぼ口をさっさと開けと、二十九歳のアイドルポーズを夕香子は苦々しげに見つめていた。

「お礼だって、お部屋にどうぞって誘われちゃって。あんなホテル、初めてよ。四十五階だったかな。夜景がすっごいキレイだった」

「その女性って、何歳くらいかな」

「ちょっと待って。ホテルの話が先。ベッドがふっかふかでお風呂もすごいの。大西くんともホテルに泊まったけど、もう全然別モノだから。あとシャンプーとか匂いがすごくいいのよ。安い共用のボトルじゃないんだよ。今度は、ああいうホテルに行きたい。ね、約束よ」

大西があいまいにうなずく。

じっとりと見上げる婚約者に、大西は顔を向けることはなかった。

婚約を後悔しているのかもしれない。

和佳奈は質問にまっとうに答えず、無駄なことばかり口走る。行動もワガママで、大西は振り回されてばかりいた。そんな女が趣味だという男もいるが、大西はバツが悪そうにうつむいている。

イヤなら別れろよと思いつつ、夕香子は和佳奈にうらやましげな笑顔を向けた。

「いいなあ。私もパークに行ってみたい。ラッキーだったね」

「もっとラッキーだったのよ。彼女のお母様が、日本のお友だちのおウチに泊まるから、ベッドがひとつ空いてるっていうの。もったいないから泊まっていきませんか、だって」

「うわあ、信じられない。ということは、和佳奈、昨日の晩は中国人の彼女と超高級ホテルに泊まったってことね。いいなあ、ひとりだけズルい」

年上の夕香子に持ち上げられ、和佳奈は機嫌良さげにアゴをあげる。

これなら何でも喋るなと、うらやましいを連発しながら質問を続けた。

「大西くんが何回か電話したみたいだけど、どうして出なかったのかな」

「だって最上階のレストランで夕食だよ。そんなときに電話に出るわけないじゃない。おっきいエビを食べて、ワインも飲んだの。そして部屋に戻ってからは彼女とお喋りでしょ。何回かスマホが震えてたけど、無視がマナー。だって国際交流中だし」

本当に交流できていたのか、少し不安になる。

相手はさぞ和佳奈のトークに面食らったろうなと思いながら、人物の特定を試みた。

「ステキな夜だったのね。で、彼女ってどんな人？」

ようやく核心である。

妬ましげに口をすぼめながら、夕香子は返事を待った。

「きれいな子だったよ。髪が長くて、スラリと細くて。モデルみたいだった。口の下にほくろがあったかな」

この描写だけは、褒めてやりたかった。

ほくろが決定打である。

趙季立のクラスメートであり、美大進学を目指している周青麗だ。手描きも好きだし、グラフィックソフトも使えると自己紹介していた。

日本の美大を目指す中国人も増えていた。しかしデッサンなどの実技が難しく、受験対策には予備校通いが欠かせない。美大も予備校も学費が高いと彼女が嘆いていたことを、夕香子は思い出す。

和佳奈を連れ回すアルバイトを、趙季立に頼まれたのかもしれない。

とはいえ周青麗だけでは、板橋駅から出た和佳奈を見分けることはできない。しかし和佳奈は昨夜、オレンジのワンピースを着て紫のカーディガンをはおり、ピンク色のリュックを背負っていた。派手な色味の服装を電話で伝えれば、待ち構えて見つけることは可能である。

拉致の真相は判明した。

やはり留学生たちのドッキリ誘拐ごっこだったのだ。

誘拐において、もっとも苦労するのは身代金の運搬だ。趙季立らの狙いどおり、夕香子たちは冷や汗をかいて重い現金を持ち歩かされた。駅で待ちぼうけを喰らわせたり、ラーメン屋で神妙に食事した姿をどこかから眺め、さぞかし楽しんでいたに違いない。

その金額が、三億円だ。

窃盗三十万円ほどの報復がそれかと、桁の増え具合が忌々しい。

池袋の自室でトークンを盗まれ、教師にコケにされたと怒った坊っちゃんの仕返しは、いったい何倍返しか。億の現金で遊ぶんじゃないとは思うのだが、実行できてしまうのが趙季立という青年なのだ。

マンション投資用のパパの一時金が口座にあったので、チョロっと使っちゃったという感じだろうか。紛失を恐れないのが信じられないが、パパの会社は数億円ぐらいどうとでもなるのだろう。

札束は、まだ夕香子たちの部屋にある。

次の指示はいつ来るのか。返却完了まで何度も運搬させられるのかと、夕香子はうんざりしながら部屋の隅のバッグを横目で見た。

目ざとい和佳奈が、昨夜同様にその視線を追った。

「あのカバンって何? もしかして旅行とか。そっか、日本語学校は夏休みに入ったんだもんね」

「まあね。押し入れに入れっぱなしだったから、外に出してカビ臭さを取ろうかと思って」

「どこ行くの。海外とか」

「まさか。まだ決めてないんだけど、熱海《あたみ》とか近場かな」

「でも荷物が入ってるみたい。みっちり膨らんでいるけど」

「新聞紙だよ。ほら、湿気を吸収するし。おばあちゃんが教えてくれたんだ」

「へえ、湿気が取れたか、見てもいいわよね」

和佳奈がまたもしつこさを発揮してくる。なんとかしてよと大西を小突いたところに、玄関のチャイムが鳴った。

「ごめんください、お届け物です」

「いま行きます。啓治、そのカバン押し入れにしまっちゃって。もう湿気も匂いも取れたから」

「わかった。よいしょっと」

頼むから軽そうに持ってくれと念じたが、計三十キロである。大西が手伝いますよとひとつ持ったが、ふたりとも腕はプルプルと震えていた。顔だけは平静を装い、寝室へと移動する。これで和佳奈の目からカバンは離せたと安心し、夕香子は玄関のドアを開けた。

「お疲れさまです。え、マサミ先生？」

「あら、夕香子さん。ここ、あなたのお住まいなの。やだ信じられない。すっごい偶然ね」

同僚の中年独身教師の大八木マサミが、宅配業の制服姿で立っていた。

大きな段ボールを抱え、指に伝票を挟んでいる。夏休みにバイトすると聞いていたが、まさか彼女が自宅に現れるとは想像もつかなかった。

タイミングと偶然がなんとも都合良すぎるし、信じられないと言う割にマサミの口調は棒読みである。しらじらしさを感じた夕香子は、廊下に置かれた荷物にイヤな予感を覚えた。

また段ボールが送られてきていた。

運んできたのは趙季立のクラスを担当するマサミであり、繋《つな》がりが疑わしい。

お店からの発送で、送り状の必要事項はすべて印刷されているが、昨今は営業所の端末でプリントサービスがあると聞いたことがある。宅配のバイトをするマサミなら、啓治宛ての送り状を事前に準備できるだろう。

中身はカバンかと不審がりながら、夕香子は顔を上げた。

「へえ、古いけどいい感じのお部屋じゃない。あ、まずサインをいただこうかしら」

名字を書き終えた伝票をひったくり、マサミは部屋を覗き込んでくる。視線の先には、男ふたりが寝室に向けてカバン三つを運んでいる姿があった。

「こんばんは。はじめまして、夕香子さんの旦那さんですか」

夕香子は振り返り、話を合わせてくれと胸の前で手を合わせた。

「え？　あの、えっと、ああ、ウチのがお世話になっております」

頭を掻《か》きながら啓治が言う。

大西は夕香子の意を理解したようだが、和佳奈はなんだそれという表情をしていた。

しかし男女の機微にはカンが働くようで、そっかとニヤニヤしながら指でオッケーのサインを出してきた。

和佳奈に借りを作ったのかと思うと、気が重くなる。

とにかく早くマサミを追い返そうとしたが、図々しくトイレを貸してくれと頼んできた。

「助かったわ。限界が近かったのよ。あとお水を一杯いただけないかしら。土曜日のせいか、今日は荷物が多くって大変だったのよ」

言い終わる前にスニーカーを脱ぎ、マサミはトイレに駆け込んだ。夕香子はスポーツドリンクを持って、すぐに帰ってもらえるようドアの前で待つ。出てきたマサミはペットボトルを受け取ったが、ちょっと座らせてと勝手にリビングに入り込んだ。

「お邪魔します。あら、こんな時間から飲み会かしら。うらやましいわ」

「マサミさんも一本どうですか。まだ冷たいですよ」

名前を覚えるのだけは得意な和佳奈が、缶チューハイを両手で差し出す。その仕草といい、キャバクラで働いていたという噂は本当かもしれない。客の名前をすぐ口にして呼びかけるのは、キャバ嬢の基本である。

「いただいちゃおうかしら」

「車じゃないんですか？　マサミ先生、まだお仕事中でしょう」

「今日は自転車なのよ。後ろに荷台が付いているやつ。配達はもうだいぶ片付いたし、ちょっとぐらい飲んでも大丈夫。ああ疲れた。脚を伸ばしてもいいわよね」

夕香子とのやり取りに、和佳奈はマサミのプロフィールを把握した。迷惑顔を浮かべる夕香子をおもしろがってか、積極的にマサミに話しかけていく。

「どうぞおくつろぎください。はい、このティッシュで汗を拭いて。マサミさんって、夕香子の同僚なんですか」

「ええ。お嬢さんのお名前は？」

「和佳奈といいます。こっちは大西ユタカ。私の婚約者なんですよ」

「あら、ステキ。お似合いでうらやましいわ。婚約カップルのパーティーにお邪魔しちゃってごめんなさいね。でもいい間取りじゃない。ちょっと室内を見せてもらっていいかしら」

「全然かまいませんよ。って、私も一緒に見ちゃおうかな。奥の部屋って入ったことないのよね」

ずうずうしい女同士で波長が合うのか、和佳奈とマサミが寝室へと向かう。

部屋主ふたりもすぐさま立ち上がり、見張るように後ろをついて回った。女どもは家具にもカーテンにもかわいいを連呼し、初対面とは思えないノリの良さで騒ぎまくる。

「収納も広くていいわね。押し入れの中も見たいな」

「さすがに、それはちょっと。ぐちゃぐちゃですから」

「いいじゃない。広さを確認したいのよ」

「私も興味アリ。はい、御開帳」

部屋主ふたりとマサミの視線が、下に置いてあるカバンに集中した。

和佳奈だけは上部に掛けられた服に手を伸ばし、タグをチェックしている。

「古い建物のほうが作りにゆとりがあるのよね。上下の間仕切りもしっかりしてるし」

「洋服もたくさん入りそうだし、押し入れってベッドにもなりそう。和室もいいなあ」

「俺が子どもの頃はそうしてたよ。秘密基地って感じで、おもちゃとか電気スタンドとか持ち込んでた」

「やだあ、啓治にもそんな時代があったなんて、信じられない」

押し入れ前での雑談がやたらと長い。

マサミはどうでもいい話題を振り、和佳奈はさらに長ったらしく答える。夕香子や啓治にも返事を求め、話しかけられたふたりは顔を上げるしかない。

「もういいかな。あまり片付いてないし、プライベートな部屋を見られるのは、やっぱり恥ずかしいわ」

「そんなことないわよ。私の部屋なんてカオスだから。さて、そろそろ行かなくちゃ。ああ、王萌佳さんいるでしょ。彼女もバイトするって学校に届けを持ってきたのよ」

「彼女、塾の夏期講習を受けるって聞いてますけど」

「週二日だけ、日本語の勉強と気分転換を兼ねて働くそうよ。バイト先は居酒屋だったかな。可能な限り日本語に接して、レベルアップを目指すんだって」

「エライですね。えっと、彼氏の趙季立くんも一緒ですか」

「彼女だけ。やっぱ女子のほうが積極的ね。彼氏は部屋にこもってゲームばかりですって」

学生に関する同僚のおしゃべりなのだが、登場人物がピンポイント過ぎた。

カマをかけられているのか。

もしくは何かメッセージを送ろうとしているのかと、夕香子は同僚の目を覗き込む。

「やだ、そんなに見つめないでよ。もしかして顔が赤いかしら。缶チューハイを飲みきっちゃったし、酔って働いてるのがバレると困るわ」

「大丈夫ですよ。全然出てません。夏休み中、ずっとバイトですか」

「そのつもりだったけど、もうやめようかな。重労働だし、思ったよりお金も貯まらないっていうか」

続きがありそうだったが、マサミは口を閉じた。

夏休み一ヶ月の無収入を嘆いていたはずなのにと、夕香子は思わせぶりな同僚の表情を訝しんだ。

坊っちゃんに協力しているのは、日本人だと確信している。

住所も啓治との同棲も、彼らに知られていた。情報の漏れは学校しか考えられず、ドタバタと取り込んでいるところへ、同僚のマサミがやってきた。

協力者はマサミか。

口座からの窃盗を知った趙季立が、マサミ先生に協力を持ちかけたのか。

しかしマサミと坊っちゃんだけで、和佳奈の誘拐を企画するだろうか。

行き当たりばったりの拉致は危険すぎるし、高級ホテルへの連れ込みも、和佳奈の性格をつかんでこその成功である。常識的な女性なら、見知らぬ人からの一泊のお誘いは断る可能性が高い。

協力者は、和佳奈を知っているヤツだ。

そういえば楠木からの連絡がぱったり途絶えていた。夕香子たちの窃盗を知る楠木と、坊っちゃんを担当するマサミが手を組めば、今までの経緯に説明がつく気がしてきた。

楠木がマサミに引き落としをバラし、三億円の残高に目がくらんだ彼女と結託して趙季立を操る。

とはいえ楠木とマサミが、どうやって接点を持つのかがわからない。

「お邪魔しちゃったわね。ステキな旦那さんを拝見できてよかった。会社員って伺っているけど、今日はお休みかしら。ああ、そっか、土曜日だったわね。やだ、さっき自分で言ったのに。暑さでボケちゃったのかしら」

「そんな。あの、暑いですからお気をつけて」

「ありがとう。それから和佳奈さん、今度ゆっくり会いましょう。あなたみたいな明るいお嬢さんって、私、大好きだから」

「はい、ぜひ。学校のお話とか聞かせてくださいね」

最後にもう一度室内を確認し、マサミは帰っていった。

見送るために夕香子がベランダに立つと、荷台付きの自転車が目の前の道路を横切っていった。四十路女性の丸い背中が左右に揺れている。マサミと楠木は年齢がひと回り違うのかと指を折り、体重にもけっこうな差がありそうだと失礼なことを考えてしまった。

深読みし過ぎかとリビングに戻ると、大西たちカップルが帰り支度をしていた。

「僕らもおいとまします。お騒がせしてすみませんでした」

「なんで謝るのよ。そんな騒いでないし、いつもの飲み会はもっとうるさいじゃない」

怒濤《どとう》の展開に疲れ切っている大西は、いいからとだけつぶやいて和佳奈のひじをつかんだ。ひとりでいることを嫌う彼女は、今夜は大西の部屋に泊まるだろう。

たぶん、質問攻めに合う。

何があったの、どうしてそんな疲れてるの。

本当にただの飲み会かな、なんか秘密にしてることあるでしょ。

全部、話しなさいよ。

状況判断にすぐれている大西だが、相手が和佳奈だとガードしきれなさそうだ。うまくごまかして欲しいが、今日の彼は誰よりもぐったりと疲労していた。

いっそ、もっと疲れて爆睡すればいい。

そうすれば、この部屋にある大金のことを白状しなくて済む。和佳奈、土曜日なんだから遠慮せずにのしかかれと、夕香子は玄関ドアに向けて念じた。

「大西くん、大変だね」

「もっとチャーシューをあげればよかった。餃子も追加すべきだったな」

「けっこうおいしかったよね。地味なラーメン屋だったけど」

「坊っちゃんでも、あんな店に行くんだな」

「口コミで知ったんじゃないかな。同国人ネットワークがあるから」

なるほどと納得した啓治が、マサミが運んできた段ボールを開いた。

キャスター付きの大型キャリーバッグが入っていて、背面は薄いスチールで補強されていた。ブランド物で、段ボールの底には同時購入のワイヤーロックも入っている。

「これ、いつの間に注文したの？　ずいぶん高そうだけど」

「いや、俺じゃない。金は返すと決めたんだし、こんなモンはもう必要ないだろ」

やっぱりと、夕香子はキャリーバッグのファスナーを開けた。

三億円が全部入りそうな深さがあり、ワイヤーロックにも不穏な気配を感じる。配達してきたのはマサミだし、何か策略だったりしてと息を呑《の》む。

しかし啓治は、やっと回収かと大きく伸びをした。

「和佳奈も帰ってきたし、これで終了だよ。俺らの安っぽいカバンで回収するのがイヤで、坊っちゃんが送りつけてきたんだな」

「マサミが配達してきたのが、何か気持ち悪いんだけど」

「偶然だよ。というかお前、もっと運搬したいのか。このブランド物のキャリーバッグで、ガラガラと三億円を引っぱって歩きたいとか」

回収と決めつけた啓治が、冗談を言う。

それもそうか気を回し過ぎかなと、夕香子は送り状をもう一度確認した。六時から八時と指定されており、ラーメン屋からの帰宅を見計らっての配達らしい。

今までのパターンなら、すぐにラインが送られてくるはずである。

しかし九時を過ぎても、何の連絡もなかった。

「ラインが来ないって、おかしくない？　回収するにしても、カバンに詰めておけとか指示があるはずよね」

「忘れたんだろ。それに金の移し替えなんて、すぐに終わる。もう連絡は不要って考えてるんじゃないのか」

「そんなんじゃ、落ち着いて寝られないわよ」

「こっちからラインすればいい。午前中は寝てるから、午後にしろって頼んでくれ」

迷ったが、連絡なしで急に来られるのは確かに困る。

夕香子は時間を決めようと、坊っちゃんの個人アカウントに簡単な文を送った。

『大きなカバンが届きました。趙季立さんが送ったのですか？』

『そうです。そのカバンにお金を全部入れておいてください。明日、回収に行きます』

すぐの返信が意外だった。

打ち込みも早く、坊っちゃんにいちいち確認を取っていない気がする。

試しにと、夕香子はくどい言い回しを返した。

『明日の予定を伺えますか？　午前中は避けていただけると助かります。早すぎる来訪には対応できかねると存じます』

『何時をご希望でしょう？』

『午後三時にしていただけると幸いです』

『わかりました』

いったん、やり取りが止まった。

数分後、短く切ったラインが続けて届いた。

『夕香子先生と、話がしたいです』

『ひとりで、部屋にいてください』

『約束です。守ってくださいね』

急に簡単な言い回しになるのが怪しかった。

続きが来ないことを確認してから、夕香子はわかりましたと送信した。

それから啓治にスマホを見せ、坊っちゃんの存在の薄さを強調する。

「途中のやり取りって、すごいくどいでしょ。でもすぐに返信が来たの。彼に通訳したり、確認したりする暇はなかったと思う」

「坊っちゃん抜きで、予定を決めちゃったってこと？」

「もしくは事後報告かな。何か彼、適当にあしらわれているような気がしてきた」

「誰にだよ」

「日本人の協力者。じゃないと、いろいろ無理だもん」

なるほどと言うも、啓治はいまいち真剣に取り合ってくれない。ひとりで部屋で待てと指名された夕香子は、気持ち悪さが高まってくる。

「坊っちゃんひとりで、回収に来るのかな」

「だろ。後半のラインは彼っぽいし。自分抜きで進められたから途中で止めて、回収のシチュエーションを決めたんだよ。最後の三つなら、あの坊っちゃんでも読める」

「どうして、一対一で会おうとするのよ」

「明日、本人に直接聞けばいい」

「でも彼だけじゃなかったら？　私が危険な目にあってもいいっていうの？」

恋人の不安に、さすがの啓治も対策を考え始める。

「じゃあ俺が押し入れの中に隠れてるから。何かあったら叫べ。すぐに助けてやる」

頼もしいことを言うが、だらしない昼夜逆転の生活で身体はなまっていた。もともと武闘派でもなく、相手が複数で来たら簡単にやられてしまう。そう指摘すると、なるほどそのとおりだとあっさり認めて不安がった。

「確かに気持ち悪いな。素直に回収しますだけでいいのに。なんで怖がらせるようなことを書いてくるんだ」

「協力者が陰湿な性格なのよ。運搬先も変なとこばっかりだし、やり口も意地が悪いし」

「いったい誰がそんなことやってるんだろうな」

楠木だったりしてと言いかけて、夕香子は口を閉じた。

後輩の大西を必死でかばった啓治は、旧友の楠木も同じようにかばうだろう。それに証拠はと問われても、まだ何もないのである。それよりも今は、部屋に来られたときの対処を考えたほうがいい。

誰を手助けに呼ぼうかと考えたが、ふたりとも地方出身で、頼れる身内は近くにいなかった。事情が事情だけに、押し入れ待機につき合わせられる人間も限られてくる。

「やっぱ大西かな。明日は日曜日だからつき合えるだろ」

「和佳奈がもれなく付いてくるわよ」

「だったら楠木しかいない。フリーランスだし、数時間ぐらいなら一緒に押し入れに入っていてくれるだろ」

思わぬ指名にドキリとしたが、啓治に呼びつけられてこの部屋に来たのなら、彼が協力者じゃないという証拠になる。一石二鳥の名案とはいえ、友人の少なさが身にしみた。

「それがいいわ。でも、私たちって友だちが少ないよね」

「三十路を過ぎればそんなもんだよ。楠木も武闘派じゃないけど、頭数にはなる。みんなで頑張って敵を倒そう」

本気か冗談かわからない気合いに、こわばりが抜けた。

こんな間抜けな男の友だちが、中国人留学生を操って妙なイタズラを仕掛けてくるはずがないと夕香子は疑いを改める。

ただ仕事にあぶれて困窮《こんきゅう》している男を、三億円のそばに呼びつけるのが不安だった。好奇心の強い男が押し入れのカバンを開け、札束のいくつかをくすねることはあり得る。

「本当に楠木を呼ぶのね。私は責任を取らないわよ」

「脅かすなよ。楠木だって十年来の友人なんだ。それに三億円がこの部屋にあることを彼は知らないから」

「まあ、そうだろうけど」

「それに危ないことをされると決まったわけじゃない。本当に夕香子センセイと話したいことがあるのかもしれないし。きっと大丈夫。まあ坊っちゃんが来たら、現金をチラつかせるのは危ないことだって指導してやれ」

面倒くさくなったのか、啓治は大丈夫を繰り返す。

まだ不安を払拭できない夕香子は、武器になりそうな物はないかと室内を回った。薄っぺらいステンレス包丁と掃除機ぐらいしか見当たらず、どうしようとため息をつく。

「小銭を靴下に詰め込んで叩きつければ、立派な武器になるって名探偵コナンでやってた。今夜のうちに作っておくよ」

なるほどとサイフを見たが、電子マネーしか使っていないので現金はほとんどなかった。試しに数枚ほどの小銭を靴下に入れて振り回してみたが、ゴキブリも倒せそうにない。

「早起きして両替してくる。あと野球のバットも買おう」

「イオンなら十時に開店してるわ」

「どうせまた無駄な買い物で終わるんだぜ」

「それでもいい。私が払うから買ってきて。お願い、頼りにしてる」

ビクビクしながら、三億円運搬騒動の二日目の夜が終わった。

●十二日目

翌日、日曜日。

ふたりが起床したのは、午後二時だった。

なかなか寝付けず、朝方まで啓治と話し込んだのである。玄関のチャイムで起こされ、ドアを開けると約束の時間どおりに来訪した楠木が立っていた。

「もしかして寝起きかよ。人を呼びつけておいて、ひどいなあ」

「ごめん。ちょっとコンビニでコーヒーでも飲んでてくれるかな。その間に顔を洗っておくから」

「歩くのも面倒だし、部屋に上がらせてくれよ。それに夕香子のすっぴんなんて、とっくに見慣れてるから」

満面の笑みで楠木は答えてくる。

六日ぶりの再会だが、ずいぶんと顔色が良くなっており、頬もふっくらとしていた。仕事で忙しかったと言うが、以前の楠木なら多忙な時期は痩せこけていた記憶がある。

寝坊したせいで、武器の準備はできていない。

丸腰で回収を待つしかなく、夕香子は寝坊を本気で後悔した。短パンだけの啓治が、ふらふらと楠木を出迎える。

「来てくれたんだ。おはよう」

「もう午後だよ。それで今日の用件は何だっけ。怖い人たちが来るから一緒に戦ってくれって、何の冗談だ？」

「本当だよ。借金取りが来るんだ。使い込みがバレて、夕香子がソープに売られるかもしれない。戦わなくていいから、一緒に土下座してくれ。相手はチャイニーズマフィアだ」

「寝言はいいから、さっさと顔を洗ってこい」

楠木はスニーカーを脱ぎ、上がり込んでしまった。

革靴ばかりを履いてきた男なのにと思いつつ、夕香子は玄関ドアをロックした。エントランスがオートロックなら、玄関にダイレクトで来られることもなかったのにと、古マンションが恨めしい。

「悪いんだけど、適当に座ってて。冷蔵庫は勝手に開けていいからね」

「そうさせてもらう。おかまいなく」

楠木はペットボトルのお茶を取り出し、リビングの床に座った。おしゃれファッションが復活しており、散髪後のえり足がさっぱりしている。ついこの前の貧乏ったらしい様子は消えてなくなり、ふてぶてしさが妙に目立つ。

この急変の理由が知りたい。

もしかして疑惑は当たっていたのかと、明け方までの話し合いを夕香子は頭に浮かべた。

楠木とマサミは結託していたりして。

そう切り出すと啓治は案の定、旧友をかばった。

「でもそう考えると、いろいろ説明がつくのよ。私たちの交友関係を知らないと、誘拐企画は成り立たない。教師のマサミは、一応は坊っちゃんから信頼されている」

「全然わかんない。いいから寝ろ。明日はいよいよ回収だ」

「ただの回収じゃなかったらどうするの。ひとりで対峙する私の身にもなってよ」

夕香子に泣きつかれた啓治は、一緒に発端から振り返った。

この間三人で飲んだ時、趙季立の口座に三億円があると楠木に話した。それから啓治と口げんかになり、パスワードとかメモとか不用心な言葉を漏らしてしまった。

そのとき、楠木はどうしていたか。

ガツガツと寿司を食い、持ち帰るためにケンタッキーを包んでいた。そしてカップルの言い争いを止めようともせず、無言のまま内容を聞き込んでいたはずだ。

他にも振り込み先があるんでしょうと自分が責め、啓治はないとすっとぼけたが、余罪を隠しているのはバレバレだった。交友関係を考えれば、楠木の頭には大西が思い浮かぶ。ひとつ年下の気弱な後輩は、楠木に問い詰められて、これまでの経緯を告白した。

「だからって、何で楠木がマサミと出会うんだよ」

「例えばなんだけど、不埒なことを考えた楠木が日本語学校に電話してきて、それをマサミが受けた。私の勤め先の学校名は知ってるし、ネットで検索すれば、電話番号は簡単にわかるから」

「そうだろうな」

「趙季立さんの落とし物を拾ったとか言えば、学校は担当のマサミに回す可能性は高い。坊っちゃんの連絡先と協力者が欲しい楠木は、マサミをお茶にでも誘い出す。薬指に指輪のない年上女性を、計画に誘い込むのは難しくないと思うの。彼女、いろいろと焦ってるし。楠木は見た目もそこそこ良いし」

「同僚に失礼なことを言うなよ。あと楠木は面食いだから」

「まあ、それは置いておいて。で、中年女性を落とせると手応えを感じた楠木は、私たちの悪事をマサミにバラす。彼女は本当か確かめるために、趙季立に口座の写真を送らせる。教師のマサミが言えば、坊っちゃんは従わざるを得ない。で、ラインでスクショを送った」

「それから?」

「そこにクスノキの名前を見つけて、なるほど話は本当だと結託が始まるの。三億円の残高に目がくらんだマサミは、楠木の計画に乗ることにした。あなたの口座にイタズラした悪いヤツらを懲らしめようって、三億円運搬の嫌がらせを趙季立に持ちかけるのよ」

啓治は横を向いていた。

バカかお前はという表情に、夕香子は顔を赤らめる。

「そんな計画に乗って、趙季立がホイホイと三億円を現金化するわけないだろう。どうしたんだよ。現金運搬で頭がおかしくなったんじゃないのか」

「でも坊っちゃんは本当にだましやすいし、ガードが甘いのよ。札束を落としても諦めちゃうのはマサミも知ってるからね。日本語もまだまだだから、そばで楠木とマサミが何を話し合っても、坊っちゃんは理解できない。勝手に計画を進めるのなんて簡単よ」

「坊っちゃんの能力設定が、いろいろと低すぎるだろ」

「だって、そうなんだもの。で、私たちをだますために、大西も巻き込む。国際交流のイベントってことで、坊っちゃんのクラスメートにも協力させる。ついでにマサミは、年下の楠木とラブラブになって、結婚してやろうと目論む」

「作り過ぎだよ。よくそんだけ飛躍させられるな」

「ダメかな。でもゼロじゃないよね」

「ほぼゼロだよ。あと、勝手に俺の友人をおばさんとくっつけるな。ラブロマンスは不要だ。アイツは俺の大事な友だちなんだ」

啓治は真剣に怒った。

ラブラブというのが不快だったのかもしれない。

語るうちに妄想が止まらなくなり、朝方まで啓治を相手にストーリーを練り込んだ。途中から生返事になり、聞いてない感じもしたがかまわずしゃべりつづけた。

夏休み直前に味わった趙季立の舌打ちの恐怖は、妄想ストーリーを語るうちにすっかり夕香子の頭から薄れていた。


黒幕に仕立て上げた楠木が、今、部屋にいる。

話半分で聞いていた啓治は、仕事の調子はどうだとのんきに雑談を交わしていた。せめて自分だけは油断しないでおこうと、夕香子はコーヒーを淹れるために台所に立った。

玄関のカギが開く音がした。

ロックしたはずなのにと、夕香子は確認のため移動する。

ドアは全開だった。

そこには宅配の制服を着たマサミが立っていた。

「夕香子さん、こんにちは。言うとおりにしないと、この子の命は保証しないわよ」

後ろ手に縛られた王萌佳が横にいて、包丁が突きつけられていた。

え、予想が当たっちゃったのと、夕香子は逆に驚く。

「マサミ先生、それ、なんの余興ですか」

「余興じゃないから。この包丁も本物よ。首を刺すと、この子死んじゃうわよ」

「あなた、自分が何をしてるかわかってんの。教師がそんなことして、恥ずかしくないんですか」

「いいのよ、どうせ非常勤だし。三億円をいただけるんだから、もう学校勤めは終了。これからは彼と遊んで暮らすの」

「彼って、もしかして……」

楠木があわててリビングから出てきた。

「いや、それはまだ未定なんですけどね。でも三億円をいただくのは本当です。夕香子はいい先生なんだから、学生を見捨てるなんてことしないよね」

本当に、ふたりは結託していた。

でっち上げストーリーを笑っていた啓治も、驚愕の表情で立ち上がる。

「玄関のカギは、昨日の帰り際に失敬しておいたの。ごめんなさいね。目のつく所に置いておくなんて、不用心もいいところよ」

マサミが自慢げに言う。

まさかとカギ入れにしている小箱を見ると、二つあるはずがひとつしかない。内側からのロックは何度も確認したのだが、まさかカギの数が足りないなんて思いもよらなかった。

この緊急時にと、自分の甘さを後悔したがもう遅い。

首に包丁を突きつけられた我が生徒をどう助けようかと悩んでいると、人質である王萌佳が困り顔でマサミに話しかけた。

「マサミ先生、もういいですか？」

「黙って。あなたは本当に人質なの」

「ドッキリって聞いてましたけど」

「殺されたくなかったら大人しくしなさい。日本の大学に進学したいんでしょう」

マサミ先生に脅された王萌佳は、顔を引きつらせた。

進学が不利になることを恐れたのか。

それとも本当に自分が人質なのかと驚いたのか。

とりあえず、王萌佳が何も知らないことだけは理解できた。彼女にドッキリをどう説明したのか知りたかったが、今はそれどころではない。

危機的状況である。

狂言誘拐の次は人質強盗かと、楠木たちの悪ふざけが許せなくなる。

「私が配達したキャリーバッグは見てくれたかしら。頑丈だったでしょう。ちゃんと全額が入るやつを選んだんだけど、正解かどうか試してくれない？」

「啓治、やれよ。押し入れのスポーツバッグを出してこい」

「楠木、おまえ、こんなことして平気なのかよ。犯罪だぞ。捕まったら親が泣くぞ」

「捕まりませんよ。というか留学生を脅して三億円を強盗したのは、大原啓治と金井夕香子ってことになってますから」

「なんだよ、それ」

「王萌佳さん、違うわよね」

パニック状態の優等生は、楠木の早口が聞き取れていなかった。夕香子の確認に、わかりませんと首を横に振る。

え、本当に自分たちが強盗犯人にされているの？

教え子と会話が嚙《か》み合わなかった夕香子は、棒立ちになった。

啓治は楠木に命じられ、押し入れからスポーツバッグをリビングに運んでいる。そして届けられた高級キャリーバッグのジッパーを開け、現金入れ替えの準備が整った。

「早く入れろよ。お嬢ちゃんが疲れちゃうだろ」

「私も疲れてきちゃった。楠木くん、ちょっと座ってもいいかしら」

「包丁は押し付けておいてください。ああでも、彼女を傷つけないように気をつけて」

「わかってるわ、楠木くん」

中年女と友人のやりとりを、啓治は冷めた目で見上げた。

楠木はバツが悪そうに視線をそらす。マサミの片思いはまだ成就していないが、強盗パートナーとしては尊重されているようだ。

啓治がプチプチを剝ぎ、札束を移し替え始めた。

時間を稼ぐためか、やたらまったりと作業する。ゆっくり丁寧な動作にふたりとも文句を言わず、じっと待っているのが強盗っぽくない。誰もが乱暴な悪事に慣れていないのである。

なかなか詰め替えが終わらず、間が持たない。

沈黙に耐えきれず、夕香子はマサミに話しかけた。

「趙季立くんは来ないんですか。ラインには彼が来るって書かれてたんですけど」

「お部屋でぐっすり寝てるわよ。私がお薬で眠らせたんだけどね」

「生きてますよね」

「当たり前じゃない。殺人なんてしちゃったら、人生おしまいよ」

「強盗もけっこう重いですよ」

「捕まらなきゃいいだけの話よ」

相変わらずマサミは強気である。

聞き耳を立てている楠木も、同じように考えているのだろうか。

「あのラインは趙季立じゃないですよね。誰が打ち込んでたんですか」

「知りたい？」

「教えていただけると嬉しいです。間違いが全然ありませんでしたから、彼じゃないとは思ってました」

「最初のは、この子と周青麗さんが翻訳ソフトを使って送ってた。ラーメン屋あたりから、ずいぶんと長くなってたでしょう」

マサミがニヤリと笑う。

ラーメンはおいしかったかと聞かれ、作業中の啓治がマサミを睨んだ。

店先でしゃがみ込み、カバンに向けて話しかけていた姿も知られているのかと、夕香子もほおが赤らんでくる。

「マサミさんが受け渡し空振りネタを考えたんですか。意地悪ですね」

「みんなで考えたのよ。メインは楠木くんよね」

ねっとりとした視線を向けられ、楠木はうつむく。

中年女への拒否が感じられた。

もしかしたら、仲間割れがあるかもしれない。

「ラインの指示はタイミングが良すぎました。札束に挟んであった盗聴器って、そんな高性能なんですか」

悔しそうに聞いてやると、マサミが調子づいた。

ベラベラと、これまでの経緯を気分良さげに語ってくる。

「大西くんが中継役だったのよ。高性能の盗聴器を彼のポケットに入れておいたってわけ」

「彼も仲間だったの？」

「さあてね。本人に確認してみれば？」

啓治の手が止まった。

楠木が肩をつつき、作業を続けるよう指図する。怒鳴ったり蹴ったりしないあたり、まだかすかな友情が残っている気がした。

「ダメだ、全部は入らない。札束が十個残った。どうするんだ？」

「困ったな。あの、マサミさんのウエストポーチに入れてもらってもいいですか」

「やだ、私に敬語を使わないでって何回も言ってるじゃない。遠慮せずどうぞ。だって私たち、パートナーなんだから」

「じゃあ、お願いします」

「私は手が離せないんだから。楠木くん、入れてちょうだい。ほら、早く」

聞いてはいけないセリフを聞かされたような気がして、夕香子と啓治は思わず顔を見合わせた。なんともいえない表情をした楠木がマサミに近づき、肉付きのいいウエストに手をのばす。

そっとファスナーを開いた。

そして札束を、ひとつふたつと押し入れていく。

しかしすべては入らず、二束が残った。

「おまえらにやるよ。ほら、二百万円。手間賃ってところかな」

「楠木、おまえ、これからどうするんだ」

「教えるわけないだろ。言っとくけど、マンションはすぐに引き払うつもりだし、フリーだから仕事はいつでもやめられる。まあ、仕事は全然入ってきてなかったけどな」

「そっか、これっきりかな」

「啓治が悪いんだよ。三億円とか、あんな話、聞かせやがって……」

責任を押し付けようとして、楠木は口を閉じた。

発端の振り込み時点では、勝手に口座を使われた楠木はいわば被害者だ。

そして昨夜の誘拐ごっこまでなら、厳重注意で済むかもしれない。

しかし、罪を重ねてしまった。

脅して金を奪う行為は、強盗である。

包丁を突きつけている王萌佳を傷つけるようなことはないだろうが、万が一、はずみで刺してしまったら恐ろしい罪になってしまう。

本当にそれでいいのかというように、啓治は友人を見つめた。

仕事にあぶれ生活に行き詰まっていた楠木は、目をそらしてキャリーバッグに手をかけた。離婚したとも言っていたし、父親にも何かあったと言いかけたことを夕香子は思い出す。

あの時、どうしたのと問うべきだった。

啓治とともに、昔のようにガンガン遠慮なく聞き出せばよかったのだ。

他者に頼るのが苦手な楠木である。鬱々とひとり苦悩を溜め込んでいるところへ、解決できそうな金と出所を知らされたら、暴走したくなるのもわからなくはない。

ふざけた振り込み行為がいけなかったのだと、発端の窃盗を後悔する。

もう彼を止められないのかと、歩き出す楠木を夕香子は目で追う。

「あら、終わったのね。じゃあ行きましょ。王萌佳さん、悪いんですけど、もう少しだけつき合ってください。騒がないでください。じゃないと、ボーイフレンドの趙季立くんが、大変なことになりますから」

後半の言いつけは、初級学習者にもわかりやすい語尾のはっきりした短文である。

教え子への気づかいが残っていることに、夕香子は少しだけ安堵を覚えた。

「じゃあ、啓治。そして夕香子も。おまえらとは、その、楽しかったよ」

「ああ、じゃあな」

バタンと玄関ドアが閉じられる。

三億円とともに、友人が去っていった。

約三十キロのキャリーバッグを引く楠木は、重さに顔をしかめていた。

部屋に残されたふたりは、しばらく立ち上がることができなかった。

夕香子がのろのろと台所に向かい、作りかけのコーヒーを淹れ直す。座ったままの啓治に差し出し、ふたりは静かに飲み干した。

いつまでも黙っていられず、啓治がとぼけたおしゃべりを始めた。

「まっさか、あのふたりがくっついていたとは思わなかった。夕香子の推理が当たってたってわけか。ちゃんと聞いとけばよかった」

「これから愛の逃避行か。ちょっと憧れるわね」

「海外かな。でも現金は持ち出し制限があるんだよな。百万円だっけ」

「だいたいそれくらい。残りはどうするんだろ」

「さあな。楠木は賢いから、ネットでも探って解決方法を見つけるんじゃないか」

そっかという返事しか出てこなかった。

動く気にもなれず、ゴロゴロと半時を過ごす。床に散らばる空のバッグを眺めているうちに、夕香子は自分がストレスから解放されたことに気づいた。うつぶせにまどろむ啓治にも、心なしか安堵が感じられる。

三億円は本当に重かったと、啓治と微笑みあった。

「王萌佳さん、大丈夫かな」

「それだけが気がかりだな。国際問題だよ、まったく」

マサミがいろいろと語ってくれたが、まだまだ詳細は不明である。

主役に聞いてみるかと、趙季立に会いに行くことにした。

マサミに眠らされた坊っちゃんは、もう起きただろうか。薬物を使用したらしいが、素直な坊っちゃんにはよく効きそうである。風邪薬でも熟睡しそうだと思いながらラインを入れると、夕方になってから返事が来た。

『ごめんなさい』

ひと言だけの謝罪は、趙季立本人が打ち込んだものに間違いない。夕香子は区切りに空白スペースを入れ、初級学習者にもわかりやすい文章を送った。

『体は　大丈夫ですか？　いま　部屋ですか？』

『はい。部屋です』

これだけのやり取りに数分かかってしまった。やはり楠木たちの会話はひとつも聞き取れていなかったろうと、被害者の坊っちゃんが気の毒になってくる。

夏休み直前の豹変は、ただの癇癪《かんしゃく》だったのだ。

大好きなゲームを途中で止められ、ヤケクソで誕生日パーティーの話を持ち出したに違いない。自分は何をしても許される富豪のご子息であり、夕香子先生といえども楽しみの邪魔をしてもらっては困る。だから黙れとばかりのプチ反抗だったのだ。

たぶんそうだと思い込み、夕香子は訪問のお伺いを立てた。

『いまから　あなたの部屋に　行っても　いいですか？』

はい、だけの返事だったが、それで十分だ。

身振り手振りと翻訳アプリでやり取りしたほうが早いと、ふたりで池袋のマンションへ向かうことにした。

部屋には、趙季立ひとりきりだった。

夕香子はスマホを取り出し、アプリを起動した。日本語で話しかけたあとにスマホを提示し、意思の疎通を図る。

「こんばんは。怒らないから、全部話してちょうだい。あなた、私たちに悪さをしたでしょう。三億円を送りつけて、だまして、お金を運ばせた。それを見てみんなで笑った。教師をからかうなんて、どういうつもりなの？」

「すみません。でも最初は、先生が僕の口座から……」

発端の責任を語らせまいと、夕香子は発言を断ち切った。

「言い訳はいらない。まずは、あなたの話を聞かせてちょうだい。マサミ先生に通帳を見せましたか」

「見せた。バイトチェックのために必要だからって、写真を送った」

「いつ？」

「水曜日。そしたら不審な点があるって、連絡が来た。そしてすぐ、マサミ先生たちが部屋に来て、このパソコンで直接チェックした」

最近の翻訳ソフトは優秀であり、事情がサクサクと明らかになっていく。

便利で都合のいい世の中である。

「それからは、彼らのいいなりってことか。言われたとおりにお金を送るなんて、アンタはいったい何を考えてるのよ」

「ごめんなさい」

つい口調がキツくなり、趙季立が萎縮する。

経緯を聞き込む前に、うなだれている坊っちゃんを叱るのも悪くないかと、夕香子は説教を始めた。

「あなたがお金持ちなのはわかるけど、そうじゃない人のほうが多いの。私も彼もそう。労働でお金を稼ぐってのは、本当に大変なことなの。これはわかるわね」

「はい」

「あなたはたまたま、お父様がお金持ちなだけ。親の金で好きなものを何でも買えるし、お金がなくなればパパが補充してくれる。みんなにうらやましがられたでしょう」

神妙にうなずくが、当たり前だろうという傲慢さがまだ残っていた。

もう少し反省させなければと、夕香子は説教を続ける。

「でもね、そんなのクソも偉くないの。みんながあなたの周りに集まってチヤホヤするのは、金づかいがいいから。先生方が優しくするのも、パパが成金だから。あなたが貧乏人だったら誰も近寄って来ないわよ。だってバカだもん。全然勉強しないし、先生の話をひとつも聞かない。テストは零点ばかりだし、もう最低の学生ね」

このあたりは翻訳しなかったが、雰囲気で察したようだ。バカという言葉に強く反応し、目に涙を浮かべてくる。

「僕は、バカじゃないです。先生、僕をバカと言った。僕、聞いてました。とても悲しかったです」

自分の説教についうっとりしてたが、生徒をバカ扱いしたのは確かにまずかった。

趙季立の名前とバカを一緒に言えば、いくら劣等生でも理解できる。スパイの大西を中継に会話を聞かれていたことを思い出し、これは謝罪すべきだと夕香子は頭を下げた。

「ごめんなさい。えっと、それは先生が悪かったかな。でも頑張ってほしくて、バカって言ったの。趙季立くんは、やればできる子だから。期待を込めて、反対のことを言っちゃったってわけ」

取って付けたような言い訳だが、翻訳アプリを使ってしっかり説明しておいた。納得してくれる素直さがかわいらしい。

やればできる子に感動したのか、またも涙目になる。

ここで締めるのがベストだと、夕香子は濡れた瞳をのぞき込んだ。

「お金で遊ぶのは良くない。現金を貧しい人に見せびらかすのは、とっても悪いことなの。あなた、私たちに大金を送りつけたでしょう。そして嫌がらせに運搬させた。人の尊厳を傷つける、不道徳な行いだってこと、理解したわね」

コクリとうなずく。

よし最後のひと押しだと、夕香子は息を吸った。

「貧乏人に大金を見せれば、盗られるのは当たり前。マサミ先生も貧乏だから、あなたの三億円を盗んじゃいました。悪いのは、現金で貧乏人をもて遊んだあなた、趙季立さん。そして私たちは、全然まったく悪くない」

こじつけまくって、責任を生徒になすりつけた。

横で聞いていた啓治はニヤニヤと笑っている。

金を盗まれたと聞かされた趙季立は、愕然と顔を上げた。

「え？　盗まれたんですか」

「あの、私たちは悪くないから。王萌佳さんが人質に取られたのよ。彼女の命のほうが三億円より大事でしょ。だってあなたのガールフレンドなんだし。私たちは人命を尊重した。仕方がなかったのよ」

不用心に三億円の残高を友人に漏らしたり、自室のカギをマサミに盗まれた失態は黙っておいた。子どもをだますようで申し訳ないが、自分らにどうこうできる金額ではないので、責任逃れを貫くしかない。

人質という言葉に焦り、すぐにラインでガールフレンドに連絡を入れたが既読はつかなかった。電話しても誰も出ず、スマホを持つ坊っちゃんの手はブルブルと震えている。

「どうしよう。彼女は無事ですか」

「ごめんなさい。私たちにもわからないの」

「助けてください。お願いします」

「じゃあ、警察に相談する？」

「警察、コワイ。イヤです」

趙季立は、警察をかたくなに拒否する。

過去に悪さでもして、徹底的に絞られたのだろうか。よくわからないが、マサミや楠木が暴力的な人間ではないことを伝え、慰めてみた。

しかし、不安は解消されなかった。

「先生、お願い。王萌佳を助けて。彼女が本当に心配なんです」

「私も同じよ。困ったわねえ」

「彼女を取り戻してください。あと、お金も。成功したら、お金を半分あげます」

「え、本当に？　半分って、一億五千万円？」

「はい。女性を人質にするなんて卑怯《ひきよう》ですし、だまされたのも悔しい」

「わかる。私たちも腸《はらわた》が煮えくり返ってる」

「だから懲《こ》らしめてください。プライドが許せない。半分あげるというのは、僕の代わりに頑張っていただくお礼です」

なんとも魅力的な提案である。さすが商売人の息子、取り引きが上手い。置き石のように座っていた啓治もすり寄ってきて、本当かと念を押してきた。

「お金はあとでいくらでも稼げるけど、王萌佳の代わりはいない。彼女は僕にとって、かけがえのない女性なんです。親切で優しくて、笑うととってもかわいくて。彼女がいないと、僕は生きていけません」

実直な愛の告白に、夕香子はクラクラした。

十代じゃないと言えないセリフであり、ただれきった三十路にはまぶしい言葉ばかりだった。

「王萌佳に比べれば、一億五千万円なんてゴミみたいなものです。パパに言って、マンションをひとつ諦めてもらいます。いや、持ち株が高騰してるから、それくらいの含み益は出てるんじゃないかな。いざとなったら僕名義の株の売却益を差し上げますよ」

今度は格差にクラクラした。

ゴミ扱いされた一億五千万円だが、本人がお礼としてくれるというなら、もはややましい金ではない。自分の口座に堂々と入金できるし、何を買うのも自由である。贈与税ってかかるのかなと一瞬悩んだが、社長の息子なのだから税金対策はあとでパパに相談してもらえばいい。

やることが決まった。

連れ去られた王萌佳の追跡と、三億円の奪還である。

「気をしっかり持ってね。ちゃんと探してあげるから」

「早くしてください。彼女は受験で大変ですから」

「あなたはどうなの」

「日本の大学は簡単ですから。高望みしなければ、どこでも入れます」

よく知ってるなと感心し、夕香子たちは池袋の賃貸マンションをあとにした。


午後八時。

赤羽の部屋に戻り、コンビニ弁当を座卓に置いた。

大金が入っていたスポーツバッグがまだ散らばっており、安物の盗聴器も床に落ちていた。昨夜までは大活躍していた品々だが、役目を終えたせいか色褪せて見える。

「騒動が終わったら、またフィットネスクラブにでも通おうかな」

「俺も体力の減退を感じたよ。筋肉痛もすごい出てる」

「この盗聴器、どうしよう」

「捨てろよ。ニセモノなんだろ。本物の盗聴器は大西でした。知らずに発見を喜んでた俺は、マヌケ以外のなにものでもありません」

啓治がふてくされ気味に言う。子どものように発見を喜んでいた姿はとてもかわいかったのだが、本人にとっては忘れてしまいたい失態らしい。

「大西くんも、あっちサイドについてるのかな」

「そうだろ。全然わからなかった。完璧にだまされてたんだな」

今度は寂しげにつぶやいた。

この二日間、ずいぶんと長い時間を大西と過ごしていた。

重いカバンを肩に掛けて、ウロウロとまぬけな運搬につき合っていたのだ。

中継役のスパイだったとは言え、損な役回りだと腹を立てなかったのだろうか。

「楠木って、大西にも分け前をあげるのかな」

「そりゃそうだろ。だいぶ働かせたし。三等分するなら一億円だ」

「和佳奈にもあげるのかしら」

「微妙だな。大西が知らないふりを貫けば、彼女は部外者のままだ。参加者が少ないほど、取り分は増える」

「大西くんが隠し通せるとは思えないけど」

「かもな。いっそ和佳奈にバレればいいのに。彼女なら、自分にも寄こせって騒ぎまくる」

「となると四等分か。ひとり、七千五百万円」

「億じゃなくなると、なんかショボく感じるな。いや、充分に大金なんだけど」

仲間割れという言葉が浮かんでくる。

和佳奈をホテルに泊めた周青麗は母国の大学既卒だが、日本の美大を目指して来日している。それほど貧乏ではないのだが、日本の美大と予備校の学費に悩んでいた。

和佳奈連れ回しのアルバイト代だけでは物足りなくなり、分け前を求めてもおかしくはない。

金一封で満足すればいいが、権利意識の強い彼女は同等分を要求しそうだ。五等分となれば、分け前はさらに少なくなる。

楠木とマサミが、応じるとは思えない。

「大西くんを利用できないかな。会社員だから、すぐに高飛びなんてできないし。それに彼、小心者だもん」

「逆スパイか」

「彼に連絡してみてよ。楠木たちと一緒にいたんだし、行き先のヒントが聞けるかもしれない」

昼間の回収騒ぎの時、楠木はずいぶんとマサミに気を使っていた。ひと回り年上の女性に遠慮し、行き先はしばらくマサミの希望に合わせるのではないだろうか。

「私、学校に行ってくる。マサミの連絡先とか履歴書とか、コピーできるかもしれない」

「わかった。俺は大西の会社に行ってやる。勤務先のほうが捕まえやすいし、嫌がらせにもなる」

光明が見えてきた。

分配が終わる前に、楠木たちに追いつきたい。

首謀者の楠木に分け前を要求するのは、めんどうな女ばかりである。

マサミ、和佳奈、周青麗。

揉めてくれれば、ほころびも出てくる。そこを狙って懲らしめて、坊っちゃんから成功報酬をもらうのだ。

「王萌佳ちゃん、どうしてるかな」

「彼女の解放は早いと思う。というか、三億円を手に入れたんだから、もう人質は必要ないでしょ」

「そっか、すでに解放されてる可能性もあるな」

「王萌佳の無事がわかれば、あとは反撃するだけだから」

貧乏人ふたりの大金奪還戦が始まった。

●十三日目

翌日、月曜日。

いつの間にか八月に入っていた。

駅から学校までの道すじで、夕香子はすでに汗だくである。

夏休み中の教務室には、事務員がひとり座っているだけだった。進学者向けの補講が行われている時間帯を狙って、夕香子は来校していた。

「周青麗さんに美大予備校の書類記入を頼まれたんですよ。母国の学校名が必要なんだけど、字体が日本と違うでしょ。本人に確認に来させようと思ったんだけど、夏風邪で体調を崩してて。で、私が来たんです」

長ったらしい言い訳を、バイトの事務員は信じてくれた。てっきり正規職員の吉田がいるかと思っていたが、今週は有給を取って休みとのこと。ラッキーと吉田の机からキャビネットのカギを取り出しても、バイト事務員は何も言わなかった。

カギを開け、教員の個人書類をそっと取り出す。

コピー機は事務員の机から離れたところにあり、誰に見られることもなくマサミの個人情報を複写できた。

「これ、差し入れです。どうぞ」

「ありがとうございます。冷たいうちにいただいちゃいます」

バイト事務員はさっそく紙パックのオレンジジュースにストローを差す。コンビニスイーツはあとで食べると机にしまいこんだ。

「ひとりだと退屈でしょう」

「ずっとネットを見ていられるし、大丈夫です。これで時給がもらえるんですから、申し訳ないって感じですね」

「何かトラブルはありませんか。夏休み中に問題を起こす学生も多いらしいですね」

「今のところは大丈夫かな。ああ、大八木先生が辞めるそうですよ」

「え、マサミ先生が？　理由はご存知ですか」

「ご結婚だって噂です」

個人情報のコピーを落としそうになり、あわててつかみ直した。

「知らなかった。そんな気配、全然なかったのに。で、お相手は？」

「年下だそうです。フリーのデザイナーって言ってたかな」

「やだ、そんなステキな彼氏と、どこで知り合ったのかしら」

「ホテルのバーで誘われたそうです」

「ナンパされたってことか」

「デザイナーって目を酷使《こくし》するから。それにホテルのバーは照明が暗いですし」

せっかくロマンティックな出会いを作り上げたのに、目の前の彼女は辛辣《しんらつ》なコメントを返してくる。しかし若い女子事務員に嫉妬を覚えさせたのだから、ウソをついたマサミも本望だろう。

そこへ夏季補講を終えた正規教員が戻ってきた。

「あら、夕香子さん。夏休み中なのにどうしたの？」

「補講、ご苦労さまです。マサミ先生が結婚するって、今、彼女から聞いたんですけど」

「ちょっと前に電話があって、私がとったんだけどビックリしちゃったわ。四十二歳のマサミ先生が、ひと回り年下の彼氏を捕まえちゃうなんて、世の中わからないものね」

「デキちゃった結婚とか」

「どうかしらね。彼女、元から全身丸かったから」

正規教員ですら、マサミを妬んでいるようだ。

「でも仕事を辞めることもないのに。もったいないですね」

「彼氏が辞めろって言うんですって。今どき、女性にそんなこと言うなんて古くさい男よね。まあウチは、彼女がいなくても全然かまわないけど」

「専業主婦か。ますます丸くなりそうですね。で、結婚式はいつとか言ってました?」

「先にふたりで旅行に行くんだって。婚前旅行、結婚式、新婚旅行ってスケジュール。それから都内にマンションを購入して、家庭に入るそうよ。長々と電話で自慢されちゃって、もう参っちゃった」

三億円を眺めながら、同僚に吹きまくるマサミの顔が目に浮かぶようだ。楠木はそんなスケジュールを聞かされて、まっ青になったに違いない。

元同僚への自慢話には、ヒントが満載である。実現するかはともかく、その企画を聞いてやろうと夕香子は大げさに興味を示した。

「婚前旅行はどこに行くんですか」

「九州の由布院《ゆふいん》って言ってたけど、途中で熱海に変えてた。後ろから男の声がしたから、彼氏の指示かな。案外ケチな男かもね」

「新婚旅行がメインなんでしょう。やっぱり海外かしら」

「いろんな国名が出てたわよ。イギリスとかドバイとかスウェーデンとか南アフリカとか。こいつ、頭大丈夫かって思ったくらい」

新婚旅行はともかく、婚前旅行は熱海かとつい笑ってしまった。

大金の処理をあせる楠木に、ハイテンションのマサミがワガママを言っている感じだろうか。九州の高級温泉地から近場に変更するのだから、三億円はまだ手元にありそうだ。

そこに、電話が鳴った。

バイト事務員が、まさかの名前を口にする。

「はい。ああ、王さん、こんにちは。どうしましたか」

王萌佳から、しばらく補講を欠席するという連絡だった。

「塾の夏期講習を優先するそうです。すみませんって謝ってました」

「そう。今日もお休みだったから、どうしたのかなって思ってたんだけど」

「最近の若い子はハッキリしてますね」

「まあ日本語学校より、塾のほうが効果はあるもんね」

「先生、そんな弱気なこと言わないでくださいよ」

「いいじゃない。教育産業は持ちつ持たれつだから。塾と日本語学校の両方に通っていただければ、我が国の景気も回るってもんよ」

正規教員は自席に去っていった。

夕香子は事務員のそばに行き、本当に王萌佳だったかと小声で確認する。

「そうだと思いますよ。イントネーションも中国人っぽかったし」

「元気そうでしたか。ほかに何か相談ごととか」

「ハキハキ喋ってました。周りがにぎやかでしたから、塾からかけていたんじゃないかな」

昨日の昼間に包丁を突きつけられていた王萌佳が、元気に電話をかけてくるはずがない。それに学校に来る前に確認したが、坊っちゃんはまだガールフレンドと連絡が取れてないと言っていた。

ならば今の電話は、周青麗に違いない。

クラスメートなら、王萌佳が夏季補講を受ける予定であることを知っている。欠席が続けば学校で不審がられると、マサミたちにアドバイスしたのだろう。

そんな親切をしてあげたのは、三億円がマサミ側に移動したからだ。

恩を売る相手を間違わない女だなと、夕香子は彼女の行動の理由を考えてみる。

周青麗はたぶん、坊っちゃんからガールフレンドの行方を知らないかと連絡を受けたのだ。なぜそんなことを自分に聞くのかと質問を返し、ガードの甘い坊っちゃんは王萌佳が人質になったことを言ってしまう。ついでにベラベラと、大金がマサミに奪われたことも喋ってしまった。

美大の学費が欲しい彼女は、金を持つマサミたちに接触を試みたのだ。

油断のならないお嬢さんだと、夕香子はなぜかやる気が出てくる。

機を見るにさとい彼女を、自分らの味方にできないだろうか。

マネーロンダリングが必要なマサミたちの三億円より、坊っちゃんから得られるまっとうな一億五千万円のほうが安全だと説明したい。マサミたちのところにある大金を一緒に奪還し、堂々と成功報酬をもらったほうが絶対にいいに決まっている。

自分たちと彼女で三等分すれば、ひとり五千万円。

それだけあれば欧米への留学だって可能である。

かたや楠木サイドは大西や和佳奈、マサミなど不安要素がたっぷりだ。趙季立の気が変わって警察に届け出れば、金も得られず、前科者となる恐れもある。

「あ、コピー漏れがあった。ごめんなさい、もう一回カギをお借りしますね」

キャビネットを開け、周青麗の個人情報もコピーした。

大西を逆スパイに仕立てるより、彼女のほうが役に立ちそうだと思いながら、夕香子はマンションへと戻った。


同日、同時刻。

啓治はアロハシャツを着て、大西の会社の受付前に座っていた。

ビルの三フロアを借りて営業している精密機器メーカーは、スーツ姿の男女でいっぱいだった。彼らが忙しそうに通るたびに、なんだコイツはという視線を向けられ、萎縮する自分が情けない。

「なんでスーツじゃダメなんだよ」

「だって大西くんを脅しに行くんだよ。チンピラっぽい格好のほうが効果的じゃない」

「だからって、アロハに短パンはないだろ」

「じゃあ下はチノパンでいいわ。サングラス、忘れないで」

「そんなもん持ってない。俺が会社に行っただけで、今の大西には脅威だ。だから普通の格好をさせてくれよ」

結局、アロハシャツだけ着なければいけないことになった。技術系正社員の地味なスーツの中に、お花が咲いているような存在となって待たされている次第である。

そこへ大西が現れ、目を見開く。

だましやがってという顔を作ると、さらに目は大きくなった。

やはりサングラスと短パンにすべきだったと、少し残念に思った。

「久しぶり、でもないか。ちゃんと出社してるとは思わなかったよ」

「誰かさんと違って正社員ですから。平日は毎日出社してます」

「先輩にイヤミを言うんじゃない。非正規だって頑張っているんだ」

「僕はもう騒動から降りました。失礼いたします」

「ちょっと待てよ。じゃないと騒ぐぞ」

「どうぞご勝手に。警備員を呼んでもらいます」

警察と言わないところに罪の意識が窺えた。まあまあと肩を抱くと、大西はあっさりと歩を合わせ、無事社外への連れ出しとなった。そして喫茶店へ入り、ふたりは向かい合わせに腰を下ろす。

「大西の仕事着って初めて見たかも。いいなあ、スーツ。自分で選んでるの？　それとも和佳奈ちゃん？」

「自分でです。あと、さっきは失礼しました。正社員自慢しちゃって、すいません」

謝罪されたというより、ダメ押しを喰らった気分である。

もはや正社員という身分は自慢に値するものなのだ。

「いや、別に。怒ってないから。それより和佳奈ちゃんはどうしてるの」

「普通だと思いますよ。ラーメン屋の夜以来、会ってません」

「ラブラブなのに？　彼女、おまえにベタベタくっついてたじゃん。あれだけ迫られたら、つい本当のことを言っちゃうんじゃない？」

「言いませんよ。彼女に喋ったらどうなるか、啓治さんにも予想がつくでしょう。和佳奈には何も漏らしていない。彼女は何も知らない。本当です」

毅然《きぜん》と言い切り、口を閉じてしまった。

じゃあ仕方ないかと、啓治は後輩を脅しにかかる。

「おまえさ、中継役やってたろ。スマホを使ったか、高性能の機械を使ったか知らないけど、俺らの会話は楠木たちに筒抜けだった」

「あの、そんなことは……」

「楠木がさ、俺のマンションに来たんだよ。昨日の昼間の話だ。おばさんも一緒だったけど、その時、部屋で何があったか知ってるか」

「いいえ、全然。彼が何かしたんですか」

じっと目を合わす。

メガネの奥の一重まぶたは、意外にしっかりと見つめ返してきた。

戸惑いを見せたのは、中継役を指摘した時だけである。

本当に知らないのかと顔を寄せ、キスできそうな近さで目を合わせてすごんだが、プッと吹き出されてしまった。

それからは悪びれもせず、あっけらかんと経緯を語ってくる。

「すいません。中継役は事実です。楠木さんに頼まれました。からかってやろうって企画が出て。ただのイタズラだったんですけど、度が過ぎてますよね」

「どこからがイタズラなのかな」

「最初からですよ。赤羽駅から。僕の胸ポケットのスマホで、楠木さんたちに会話を流してました」

「いつ、そんな企画を立てたんだよ」

「赤羽駅の前々日かな。引き落としを知った楠木さんが、趙季立さんの素性をさぐったんですよ。夕香子さんの学校に電話して、マサミさんと縁ができて。で、悪いおじさんを懲らしめてやれって留学生をノセたら、やる気になっちゃったんです」

「おじさんを懲らしめるために三億円を送りつけるって、おまえら頭おかしいだろ」

「文句は楠木さんに言ってください。僕は止めたんですよ」

「紛失したらどうするつもりだったんだ。極悪なおじさんなら持ち逃げするぞ」

「だから僕が見張りと中継を兼ねて、赤羽のマンションに行かされたんですよ」

いやあ、参りましたと大西はコーヒーを飲んだ。

なんとも判断がつかず、啓治はうなじをおしぼりで拭く。

「そこでストップでいいじゃん。ラーメン屋は悪ノリしすぎだよ」

「ひどいですよね。店は貸し切りでした。店主にはあまり喋らず、ラーメンを作ってくれって頼んでたんです」

「和佳奈の拉致は？　彼女が解放後に話したとおりか」

「はい。中国の人もけっこうノリがいいですね。和佳奈、本物の観光客だと思い込んだんですから。道に迷ったふりして、ホテルまで案内させて、一泊して足止め。もう女優並みの演技力ですよ。周青麗さんとは池袋のマンションで初めて会ったんですけど、キレイな女性でした」

「誰だっけ、その女」

「和佳奈を拉致した女性ですよ。美大を目指しているそうです。髪が長くて背も高くて、日本語もけっこう上手なんです。企画を練ってたときは、国際交流って感じで楽しかった。笑顔もステキで声もかわいくて、いい匂いがしてました」

大西はうっとりと鼻から息を吸う。

拉致されたフィアンセのために涙し、土下座までした男がすべきことではない。

「じゃあ企画の席に、和佳奈はいなかったんだ」

「はい、彼女が交じると計画はめちゃくちゃになりますから。黙っていられない女だし、下品だし。拉致もどきの一泊をしただけ。ほかのことは何も知りません。でもいいなあ、ホテルに一緒に泊まって、周青麗さんの寝顔が見れたなんて。写真、撮ってもらえば良かった」

技術系オタク男子の正しい反応はこっちだよなと、啓治は後輩を眺めた。

和佳奈との馴れ初めは不明だが、今はあまり愛情が感じられない。女とは別れるほうが難しいのだが、優柔不断で気弱な大西は別れを切り出せず、婚約を悔やんでいる感じもある。

「お前、和佳奈のために泣いてたよな。床に這《は》いつくばって土下座もしただろ」

「そうしろって命じられたんですよ。どう考えたって和佳奈が狙われるのは変だから、気づかれる前に話を進めろって。土下座で助命嘆願《じょめいたんがん》なんて、正直イヤでした。カッコ悪さと情けなさに、本気で涙が出ちゃったというか」

「大したもんだよ。夕香子はともかく、俺ですら彼女を助けなきゃって真剣に思った」

「でも謝りすぎですよね。下手に理由を述べるとボロが出るし、すいません連呼でごまかしたって感じです」

照れ笑いを浮かべる後輩を張り倒したくなる。

婚約者を信じている和佳奈も気の毒だった。さっさと別れを告げてやれとも思ったが、今はすべてを語ってもらう時だと、大西の和佳奈への嫌悪に気づかないふりをしてやった。

「わかった。で、オチはどうなるんだ」

「楠木さんが回収するって聞いてますけど。ドッキリをバラしておしまいだそうです」

「そんな昭和のテレビ番組みたいなこと、デザイナーの楠木がするわけないだろ。マイクを持って登場か？」

「でもお部屋に行ったんでしょう。さっき啓治さんが、昨日の昼間に楠木さんが来たって」

「ああ、来たよ。確かに回収していった」

「じゃあ、それでおしまいです」

良かったですねと微笑む後輩に、やましさは見当たらない。

「何で大西は一緒に来なかったんだ？　ネタばらしの瞬間はドッキリのハイライトだろ。俺と夕香子が悔しがる姿を、ヤツらと一緒に笑えばよかったのに」

「啓治さんに遠慮したんですよ。中継役を申し訳なく思ってましたから。あの、怒ってますよね」

「まあな。傷ついたよ。そっか、そうだったんだ」

なんとなく全容が見えてきた。

企画の段階で池袋のマンションにいたのは、楠木、マサミ、大西。

それに趙季立と王萌佳のカップル、そしてクラスメートの周青麗。

三億円運搬の中継をみんなで笑って楽しんで、回収は楠木とマサミのカップルが担当する。バカバカしいにもほどがあるが、自分も含めておバカさんばっかりのせいか、楠木たちはまんまと大金入手を成功させてしまった。

でも、おしまいじゃありませんよと、啓治は背もたれに体をあずける。

「大西って、演劇部だったっけ」

「いいえ、中学、高校と科学部でした」

「アニメが好きなんだよな。俺もだけど。声優とか目指さなかった？」

「とんでもない。イラストを描くのが精いっぱいでしたよ」

きょとんとした顔を向けられたが、まだまだ大西を信じきることはできなかった。

夕香子と啓治が帰宅して顔を合わせたのは、午後五時である。

それぞれの話を突き合わせ、お互いがだいたいの全容を把握した。

「坊っちゃんが素直すぎて、楠木がズルすぎたのが原因だな」

「けっこう早い段階で、楠木は坊っちゃんのところに行ってたのね」

「俺も悪い。ベラベラ喋りすぎた。切羽詰まった男の暴走を予想できなかった」

「マサミが悪事に協力したのも大きいわね。学生は教師の言いつけには従うしかないもの。坊っちゃんの口座は、彼らに丸見えだったってことか」

「なんで三億円を現金化しちゃったかな。俺らの敗因はそれだよ。楠木に頼まれたとしても、普通なら断るだろ。あの坊っちゃんは何を考えているんだよ」

「彼の富豪っぷりに、私たちの想像が追いつかなかったのよ。一般人の常識で考えないほうがいいわね」

そうかもな、そうなんだろうなと、啓治は埋められない格差を嘆いた。

「でも取り戻せば、こっちの勝ちだから」

夕香子が個人情報のコピーを座卓に広げた。

周青麗の名前を見た啓治が、ああ、この女性かと学歴書を手に取る。

「優秀だな。たぶんだけど。中国の学校なんてわかんないし」

「優秀よ。彼女がこっちに付いてくれたら逆転の目はある」

「だったら大西が使えるかも。この周青麗ちゃんにベタ惚れって感じだから」

「え、どういうこと？　和佳奈がいるのに」

啓治は大西のうっとり感を夕香子に説明した。

婚約者を嫌っているのは感づいていたが、まさか乗り換えを目論んでいたとは知らなかった。和佳奈はあまり好きじゃないが、年下女性との二股はさすがに気の毒である。スパイしたあげく女まで泣かすのかと、腰の定まらない大西に怒りがこみ上げてきた。

「そんな男に教え子に近づいてほしくない。親御さんからお預かりしている大切なお嬢さんなのに、間違いがあったら困るわ」

「急に先生になるなよ。大西は使えるかもしれない」

「そっか、彼の恋心を利用するのね。啓治も意地が悪いな」

「向こうが先に悪事を働いたんだから。あいつが中継アンテナだったんだぞ」

ヒョロッとした体格は確かにアンテナっぽい。

その横に周青麗を並べてみたが、女性に華がありすぎてお似合いとは言いがたかった。和佳奈といい周青麗といい、ずっと女性に縁がなかったせいか、大西は無謀な相手ばかりを選んでいる。

「俺、彼女を見たことないんだよな。写真はないのか」

「そのうち会えるから、楽しみにしてなさい。キレイな子よ。島国と大陸の差というか、骨と肉が違う。脚がまっすぐだし、腰の位置も高いし。女スパイにぴったり」

「おお、東洋のマタ・ハリですか。お会いするのが楽しみだな」

まだ見ぬ美人への期待をふくらませ、啓治は冷蔵庫から缶ビールを取り出す。夕香子はそれを手から奪い、代わりにお茶を持ってきた。

まだ聞いてもらいたいことが残っている、アルコールはそれからだと口を開く。

「先に人質を助けないと。今日の昼、王萌佳のふりして周青麗が学校に電話をかけてきたのよ。補講を欠席するって連絡してきたの」

「ごめん、ちょっと待ってくれ。周青麗さんも坊っちゃんのクラスメートなんだよな」

「そうそう。美大を目指す年上の留学生。誘拐騒動の時、彼女が和佳奈を連れ回していたのよね」

「王萌佳ちゃんが、マサミに包丁を突きつけられていた人質か」

「うん。彼女が補講の無断欠席を続けると、学校で不審がられるでしょ。教員からの連絡を阻止するために、周青麗が王萌佳のふりをして電話してきた」

いまいちピンときていない啓治のために、コピー用紙の裏に人物相関図を書いた。オウモエカ、シュウセイレイとの発音に、なるほど日本の音読みで留学生は呼ばれているのかと感心している。

「学校への欠席連絡を楠木たちに命じられたのか、自発的にやって恩を着せようとしたのかは不明ね」

「なんで恩を着せるんだ」

「学費が必要なのよ。美大はお金がかかるし、予備校にも通わなきゃいけないし」

「プロフィールがいちいち美しいな。受かりそうなの?」

「外国籍の人がストレートで美大に合格するのは難しい。専門学校へ進んで、学生ビザを更新して勉強を続けて、運がよければばって感じかな」

「カッコいいけど、金はかかるか」

「だから今回の騒動で勝ち馬に乗りたいはず。今のところは楠木サイドに目が向いている」

「こっちは負けてるもんな。三億円を奪われたし」

「それを取り返して、趙季立からの成功報酬を一緒に手に入れようって提案する。今夜、彼女と話し合いたいと思ってる」

たぶん、一発勝負になる。

説明が伝わらず、拒《こば》まれたらおしまいだ。周青麗に味方してもらえなかったら、勝ち目は薄い。

時間が過ぎるほどに、楠木たちは三億円の処置を始めてしまうだろう。

とはいえ彼らも、すぐに大金処理の知識を得られるとは思えないのだ。

ネットで調べてみたが、マネーロンダリングの記事はどれもこれも眉唾《まゆつば》っぽかった。

銀行のサイトを見ても、入金に上限はないと書かれてあるが、犯罪防止のためか曖昧にぼかされている。上限なしを信じて札束をＡＴＭに突っ込むのはリスクが大きいと、楠木も悩んでいるはずだ。

期待しているのはマサミの暴走である。

脳天気な彼女だから、さっそく婚前旅行の実行を迫るだろう。学校への電話では、熱海に行くと言っていた。

三億円持参で温泉に向かうのか、どちらかの部屋に置いたままお出掛けするのか。

慎重な楠木なら、大金を部屋に放置しない気がする。

自分らも重さとかさばりに苦労した。

マヌケな運搬を笑っていた彼らも、同じ悩みを抱えているかと思うと少し溜飲《りゅういん》が下がる。

「へえ、熱海に行くんだ。意外に質素なんだな」

「最初は由布院を予定してたけど、近場に変更したみたい。やっぱ大金を処理しきれてないのよ。お金から離れるのが不安だから、とりあえず熱海一泊にしたと思う。部屋に三億円を置いたまま、何泊も温泉旅行なんて落ち着かないし」

「いやあ、どうだろ。楠木なら持参するんじゃないか。もしくは半分に分けて、マサミとふたりがかりで運ぶとか」

「分けるのって、なんかイヤじゃない？」

「だな。トラブルの元になりそうだ」

そういえば、ふたりはいまどこにいるのか。

そして三億円はどこにあるのかと夕香子は悩んだ。

「楠木もマサミも、それぞれの自室にいるだろ。金は首謀者である楠木の部屋ってとこか」

「人もお金も一緒のほうが安心じゃないかな。どっちかの部屋に、全部がまとまってる気がするんだけど」

「うわあ、マサミと楠木、同室かよ」

してはいけない想像をふたりは頭に描く。ちょっとだけ、楠木に同情した。

「熱海へは、いつ行くんだ？」

「知らない。それより人質がどうなったかも心配なのよね」

「まだ解放してないのか」

「ラインしたけど既読がつかない。塾も確認したけど行ってない」

「ショックで寝込んでるんじゃないのか」

「趙季立も連絡してるんだけど、返事が来ないって泣いてる」

「なんでだろ。金を奪えたんだから、もう人質は不要だろ」

「さらなる要求を考えているのかもしれない。逃亡用のヘリコプターを準備しろとか。坊っちゃんが超富豪だって知っちゃったんだし」

啓治がバカにした目で夕香子を見つめた。

確かに妄想が過ぎた。語り合っているうちに、盛ってしまうクセがついていた。赤面をごまかすために、夕香子はこれからの行動をさっさと提案する。

「こうして話し合っても、何ひとつ確定できない。だから周青麗に、楠木とのコンタクトをお願いするの。私たちからの連絡なんて、もう彼は受け付けないでしょ」

「楠木と彼女に、何を話させるんだ？」

「それはあとで決める。とにかく金と楠木の居場所をつかまなくちゃ」

なるほどと啓治が真顔になる。久しぶりのまっとうな表情に、成功の予感を覚えた。

「彼女の協力を得るために、趙季立との取り引きも教える。奪還の成功報酬の一億五千万円は、私たちと彼女で三等分しよう」

「太っ腹だな」

「億の金なんて、もう懲りごりよ」

極上の笑顔を向けて同意を求めた。しかし啓治は腕を組んで黙り込む。え、まさか反対なのと肝が冷えたが、賛成だと答えてくれた。

「よし、今から行こう。ラインや電話じゃ埒が明かないし。彼女の部屋は分かるんだよな」

「住所をコピーしてきたから。でも大丈夫かな」

「おまえの生徒さんだろ。センセイ、頼むぜ」

ふたりは周青麗の住む田端《たばた》駅へ向かうこととなった。

缶ビールを取り上げておいてよかったと思いながら、夕香子たちは玄関を出た。


連絡先に書いてあった住所は、シェアハウスの一軒家だった。

勢い込んで来たが、何人で住んでいるのかもわからずインターホンを押しにくい。

不審者呼ばわりされて騒がれ、住人たちに囲まれるのも避けたかった。

「本人が出てきてくれたらいいんだけど、外国の人ばっかりだったらどうしよう。俺、日本語しか話せないし」

「表札には鈴木《すずき》って書いてあるから、大丈夫だよ」

「郵便物対策だろ。やだな、二十人ぐらいで住んでたりして」

ついさっきの頼もしげなセリフが霞《かす》んでしまうほど、啓治はビビっていた。海外旅行の経験もないだけに、外国人に囲まれる想像に足がすくんでいる。

「美人さんの彼女に会いたいんでしょ。ほら、行くよ」

夕香子がインターホンに話し掛け、周青麗を呼び出す。

本人が玄関に顔を出したが、後ろには多国籍の人々が興味深げに並んでいた。日本語はひとつも聞こえず、それがかえって度胸につながる。

「こんばんは。ちょっとお願いがあるんだけど」

「先生、こんばんは。何のご用ですか」

来訪を予期していたように、堂々と応じてきた。外で話したいと申し出たが、彼女は家から出たくないので自室に来いと言ってくる。

「でもお邪魔じゃないかしら。夜のくつろぎタイムって感じだし」

「歩きたくないです。もうごはんも食べちゃったし」

どうすると振り向くと、啓治は口を開けて彼女を眺めていた。

大西もこんな顔をしていたのかと、周青麗の若さと美貌に少し嫉妬してしまう。

「じゃあ、お言葉に甘えて。彼も同行するけど、本当に大丈夫？」

「かまいません。はじめまして、周青麗と申します」

「どうも、あの、お噂はかねがね伺っております」

そんなくどい表現は通じないのだが、美人は対応を心得ていた。にっこりと微笑んで、先頭に立って部屋に招き入れる。

六畳の和室は古びていたが、タペストリーや布で上手くコーディネートされていた。センスの良さを褒めると、当たり前だとばかりに胸を張る。教室では命じる立場にいられたが、彼女のテリトリーなので立場は弱い。シェアハウスの雰囲気に萎縮する啓治は頼りにならず、手強い取り引きになりそうだと夕香子は息を吸う。

「時間もないからハッキリ聞くけど、今日、学校に電話したわよね」

「してません」

「王萌佳さんから欠席の連絡があった。私、ちょうどその時に学校にいたの。あなたの声に似てたって、事務の人が疑ってた」

「電話ですから。よく聞こえなかったんですよ」

「そうですよね。ボクも経験があります」

美人の威力に負けた啓治が、立場を間違える。

一人称まで変えて周青麗をアシストするとは何事かと、夕香子はひじで突いた。

「クラスメートの彼女が、今どこにいるか教えてもらえると助かる。あなたにも悪い話じゃないの。王萌佳さんは今、危険な目にあっているかもしれない」

「まだ解放されてないんですか。おかしいな。夕方には終わる予定だったんだけど」

あっさりと秘密をばらしてきた。

口もともゆるんでおり、その中には自分らの知らない情報が詰まっているに違いない。

「趙季立くんが連絡を入れてるんだけど、返事がないの。ここに来る前に王萌佳さんの部屋を見てきたけど、明かりはついていなかった。だから、あなたが知っていることを教えて欲しい」

「それは、学校の先生としての質問ですか」

鋭い切り返しに、夕香子は悩んだ。

学生の立場なら知らないを貫くだろうが、私人として取り引きを持ち出せば何か教えてくれそうである。

ここは正直に話すべきだと、趙季立からの奪還依頼を告白した。成功報酬の件も正直に述べたが、金額は伏せておいた。三分の一を与えると言うと嬉しそうな顔をしたが、本当にもらえるのかと念押ししてくる。

「趙季立くんは、しっかり約束してくれた。仲間と思っていた楠木にまんまと三億円を奪われて、すごい怒ってたから。だまされてくやしいし、大切なガールフレンドを怖がらせたのも許せない。絶対に奪還してくれって息巻いてた」

「彼に一筆、書いてもらいましたか」

「いや、念書は交わしてないわね」

「口約束を信じるんだ。先生、甘いです。ま、いっか。三等分は絶対に守ってくださいね」

もちろんと請け負った。

このあたりで、坊っちゃんが口にした金額を鵜呑《うの》みにしないほうがいいと夕香子は考えていた。元々はパパのお金であり、本当に三億円の半額をもらえるとは限らない。

報酬よりも、プライド修復のための奪還がメインとなっていた。

友人と同僚にだまされ、コケにされたことがくやしい。

発端は自分らの窃盗なのだから、きっちり落とし前もつけたかった。

ただ、周青麗の進学費用の何パーセントかはいただきたい。

そのためなら坊っちゃんに土下座してやってもいいと思いつつ、彼女の返事を待った。

「王萌佳は今夜、楠木さんの部屋にいますよ」

「え、本当に？」

「はい。でも明日以降は知りません。人質を解放しない理由もわからない。楠木さん、私にお礼をくれるって言ってたけど、それもまだもらってません」

美人が悔しげに眉を寄せた。

情報を漏らしてくれたのは、タダ働きの腹いせかもしれない。

「楠木、強欲だな。総取りするつもりかよ」

「マサミじゃないのかな。美人に金をくれてやるもんかって」

どちらにしろ、周青麗がまだ分配金をもらっていないのは好都合である。彼女の不満につけこめば、さらなる協力を得られそうだ。

楠木の部屋の様子が知りたい。

しかし自分らが行くわけにもいかず、騒ぎも避けたかった。

ならば誰かを、楠木の部屋に潜り込ませるしかない。

チラリと周青麗を見たが、女の子ひとりを送り込むマネはできなかった。あとは大西ぐらいしか見当がつかないが、彼は中継役をやっていた信用ならない男である。彼の恋心は利用できると話していたが、いざとなるとためらいが先立った。

「またも人材不足だな」

「仕方ないよ。大西を使おう。中継アプリの使い方にも慣れてるし」

「逆スパイがバレてボコボコにされても、こっちには損失がないもんな」

散々な言われようである。

人間、信用をなくすとおしまいだなと言いながら、啓治は大西を呼び出した。

周青麗の名前を出すと、大西はすぐにシェアハウスにやってきた。六畳間に大人四人は狭苦しいが、大西は深呼吸を繰り返し喜んでいる。しかし楠木の部屋への侵入を命じると、さすがに躊躇《ちゅうちょ》した。

「それはちょっと。スパイだって疑われますよ」

「スパイしてたでしょ。もう一回やりなさいよ」

「それに明日も会社がありますし。僕、正社員ですから」

「行けばいいだろ。スパイして、そしてまじめに出社してちゃんと働いてこい。それくらいできるだろ。正社員なんだから」

「そうよ。ボーナスも福利厚生も有給もある正社員のくせに、スパイしないなんて甘えすぎでしょ」

非正規の、正社員イジメである。周青麗はスマホで正社員を調べていた。

「楠木さん、最近迫力が増してますから。怖いんですよ。警戒心も強くなってるし、僕はもう役に立ちません」

「不審がられないように、いい子にしてれば大丈夫だよ。まだ分け前をもらってないんだろ。受け取りに来ましたって行ってこい。そして人質がどうなってるか、俺らに中継しろ」

大西がすいません無理ですと繰り返す。

堂々巡りに飽きたのか、周青麗が同行を申し出た。

「私が一緒に行きますよ」

「あなたはいいから。親御さんから預かった大切な学生さんだもの」

「王萌佳も同じ学生です。彼女は早稲田《わせだ》か青学《あおがく》を狙っているから、夏休みにしっかり勉強しないと。それに欠席が続くと、塾の費用ももったいないです」

「あなたもデッサンの実技をしなきゃ。美大のほうが難しいでしょ」

「ストレートが無理なのは知ってるから。それより友だちが心配です」

涙が出そうな美人の自己犠牲に、大西も奮い立つ。周青麗の同行にそそられただけだろうが、ふたりでの侵入が決まった。

午後九時。大森《おおもり》駅に四人は降り立つ。

徒歩十分の五階建てマンションの一室が、楠木の仕事場兼住居だった。最奥の二〇五号室に明かりがついているのを確認してから、入口付近へと移動する。

「気をつけてね。危なくなったら、すぐに逃げること」

「わかりました」

「大西、何かあったら全力で彼女を守れ」

「まかせてください。僕の命に代えても彼女を守ります」

周青麗と大西がインターホンに向けて来訪を告げ、楠木は入室を許可した。エントランスが見える路上で夕香子たちは待機し、スマホからの中継に耳を傾ける。

「けっこう聞こえるもんだな。怖い世の中になったもんだ」

「パトカーが来たら抱き合って、デートのふりをしようね」

「よけいな演出は考えなくていいから。イヤホンに集中しろ」

楠木が応対に出たが、とくに不審がっている様子はない。部屋に招き入れ、協力へのお礼を述べる。それからあっさりと、三億円の回収に成功したことをふたりに告げた。

『よかったですね』

『僕も中継役をやったかいがありました』

『君たちの協力のおかげだよ。本当に感謝している』

『じゃあ、分け前をいただけますか。一千万円の約束でしたよね』

たった一千万円かと、盗聴中の夕香子は目を丸くした。ケチだなと啓治もつぶやく。

楠木はさらにケチくさく、今は渡せないと配当金を出し渋った。

『いま、マサミがいないんだよ。彼女が不在の時に払うと、あとで怒られちゃう。明日、絶対に振り込むから』

『いつ、振り込みますか。早いほうがいいです』

『午前中かな』

『何時ですか』

『じゃあ開店直後。午前九時には振り込む』

『約束ですよ。絶対に守ってください』

さすが中国人、振り込み時間まで確約させた。

口約束を信じて動き回る自分らとは大違いだと、盗聴者ふたりは甘さを恥じる。

『マサミさん、どこに行ったんですか』

『自分の部屋に戻ってる。明日からふたりで旅行なんだ』

『へえ、いいですね。どこに行くんですか』

『由布院だよ。九州の有名な高級温泉地だ』

あれ熱海じゃないのかと、夕香子は首をかしげる。

だんだんと会話が間延びし、やり取りの間も長くなった。再生速度を落としたような楠木と大西の喋りに、啓治は変だなとスマホを振る。

「電波の調子が悪いのかな」

「だからって、振っても直らないわよ。でも妙にまったりした喋り方よね」

「楠木、酒でも飲んでるんじゃないか」

「大西くんまで、酔っぱらいのスピードに合わせることないのに」

不審を抱きながらも、ふたりはイヤホンからの音声に集中した。

『君たちも来るなら、部屋の予約数を増やすよ。いろいろと協力してもらったからね』

『会社があるから無理ですね。僕は正社員ですから』

『私も予備校があります』

『そっか、残念だな。成功のお祝いになったのに』

『旅行が終わったら、パーティーしましょう。楠木さん、おごってくださいね』

スパイ役の演出だとわかってはいるが、楽しげなやり取りを聞かされるのは寂しかった。やはり自分ら以外はグルだったのかと、なんとも言えない気持ちがこみ上げてくる。

しかし大西と周青麗は改心して、こちらに協力してくれた。

マサミの不在を知ることができたのも、彼らのおかげである。あとは人質となっている王萌佳のことを聞いてくれと、夕香子たちはイヤホンに耳を澄ませた。

『趙季立くんから、ガールフレンドと連絡が取れないってラインがありました。すごい心配してた。楠木さん、彼女がどこにいるか知ってますか』

『いや、知らない。でもマサミが何か言ってたな。明日には戻る、だったかな』

楠木はすっとぼけ、マサミに責任を押し付けた。立ち回りのうまい男である。

『どこにいるのですか。私、すごく心配なんです』

『クラスメートだもんね。でも、きっと大丈夫だよ。もしかしたら今夜、帰宅できるかもしれないよ』

『そうしてください。じゃあ大西さん、帰りましょう』

ミッションを終えたふたりがエントランスから出てきた。無事を喜ぶ夕香子が手招きし、マサミの不在を知った啓治もふたりの労をねぎらった。

「よくやったな、大西。見直したよ」

「周青麗さんもありがとう。怖かったでしょ」

「いいえ、大丈夫です。マサミさん、旅行準備のために部屋に戻ってるんだって。洋服とか下着を持って、ここに戻ってくるみたい」

「新しいのを買えばいいのに。そのへんが貧乏くさいわね」

「そんなもんだよ。すぐに金持ちの振る舞いはできないもんだ」

報告を聞く夕香子たちは、ついエントランスから目を離した。

ヒョロっとした大西が前に立ち、視界も少しふさがれていた。

「人質の王萌佳さんも、今夜、解放されるのね。ということは、マサミの部屋に一緒に連れて行ったってことか」

「楠木とふたりきりにさせるのが嫌だったんだろ。おばさんの嫉妬って感じかな」

「さすがにそれは失礼過ぎ。でもまあ、マサミの気持ちもわかるけどね」

本当に楠木に惚れ込んでいるのだと、同僚の顔を思い浮かべる。

ずいぶんとひどい目にあわせられたが、同じ女として彼女の恋心は理解できた。楠木が応じてくれるかどうかが問題だが、それは神のみぞ知るといったところか。

「はい、これ。おみやげです。どうぞご活用ください」

大西から、楠木の玄関カギを手渡された。

聞けば、げた箱の小物入れに見つけたとのこと。今がチャンスですよとそそのかされ、ああ、このカギで楠木の部屋に入れるのかとやっと合点がいった。

「大西くんが、こんな気が利く人とは思わなかった」

「おふたりには、いろいろとご迷惑をお掛けしましたから。せめてもの罪滅ぼしです」

「悪いな。スパイの上に、盗みまでしてもらって」

「いえいえ。ほら早く。すぐに行ってください。じゃあ、お願いしましたよ」

路上での談笑を終え、大西と周青麗は帰っていった。

啓治はカギの入手を喜び、驚かせてやると息巻く。楠木が室内にひとりきりと知った夕香子も、なんとなく部屋突入の雰囲気に飲まれてしまった。

「やったな。大西がこんな優秀なやつとは思わなかったよ」

「マサミが戻る前に、楠木の部屋に入っちゃおう」

「しかし三億円を手に入れたのに、分け前が一千万円ってケチだよな。さっきのふたりも、何で素直に受け入れたんだろ。俺だったらもっとくれって駄々こねるぜ」

「ちょっと不思議よね。大活躍の大西くんには、もっとあげてもいいのに」

「裏の約束があるとか。留学生の前では少ない金額を言って、あとで追加で支払う」

「あり得るわね。女だからって甘く見てるのかも。どこまでズルいのよ。包丁があったら私、刺すかもしれない」

「刺すのはやめろ。殴る蹴るだけにしてくれ」

わかったと体をほぐしながら、ふたりはエントランス前に立つ。

オートロックの開け方は啓治が知っていた。飲み会の帰りに楠木の部屋に泊まることも多く、暗証番号を教わっていたのだ。

エレベーターを使わず、二階に上がった。

二〇五号室のドアを解錠し、ふたりはそっと入り込む。

テレビの音が小さく聞こえたが、人の気配は感じられない。引き戸の間からリビングを覗いたが、部屋には誰もいなかった。

「ウソだろ。だってスマホからは、楠木の声が聞こえてたぜ」

「信じられない。いつの間に消えたのかしら」

「隣の部屋も見てみよう。そういえばふたりの会話が、妙にまったりしてたよな」

「私たちならともかく、神経質な楠木が玄関のカギをあっさり盗まれるのもおかしいよね」

そこに、うめき声が聞こえてくる。

薄暗い四畳半の寝室に、王萌佳が座らせられていた。

「王さん、大丈夫？　痛いところはない？」

「大丈夫です。ガムテープを貼られたのも、手足を縛られたのも、ついさっきだから」

「楠木にやられたのか？」

「マサミ先生です。すぐに助けが来るから、このまま座っていなさいって」

「とにかく無事でよかったわ。ごめんなさいね、迷惑かけて」

「いいえ、だまされた趙季立も悪いです」

「しかし、マサミもこの部屋にいたのか。どういうことだ？」

ようやく落ち着いてきた王萌佳が、事情を説明してくれた。

受験勉強に忙しかった優等生は、初日の企画にだけ参加していた。行くつもりはなかったが、ボーイフレンドの趙季立に通訳を頼まれたから断れなかったとのこと。

身代金運搬のドッキリだとマサミに説明され、教師の言うことだからと信じた。現金三億円を使うのはやり過ぎだと思ったが、おだてられた坊っちゃんが楠木の依頼を受け入れてしまった。

そして和佳奈の拉致のためと、周青麗が呼び出される。バイト代ももらえるし、おもしろそうと引き受けた彼女が、ボコボコ画像の処理も引き受けた。

それ以降の成り行きは知らなかったが、昨夜、ちょっと手伝ってくれとマサミから連絡があった。クラスメートの周青麗も協力しているし、教師の頼みだからと人質役を引き受けた。迫真の演技に戸惑ったが、いまだに何が何だかよくわからないという。

「すみません。もっと趙季立に聞いておけばよかったです」

「いいのよ。気にしないで。勉強が忙しかったんだもんね」

こくりとうなずく。

赤羽のマンションから三億円を回収したあとは、ずっとこの部屋にいた。ひと晩泊まっていくことを命じられ、さすがにイヤだと断ったが、勉強を教えるからとマサミに説得されたという。

悩んだが、一泊ならいいかと承知した。ちなみに勉強は自分でしたとのこと。誰にも連絡するな、ラインにも返事をするなと担当教師に命じられ、その言いつけを守ってしまったのは優等生の性《さが》かもしれない。

「そうだったんだ。大変だったわね」

「教師の立場を利用しすぎだよ。職権濫用《らんよう》だな」

啓治の怒りに、王萌佳が思わず謝った。

どこまでも謙虚な優等生を、あなたは悪くないと夕香子がなぐさめる。

「楠木さんと大西さん、何か書きながら喋ってました」

「そうじゃないかと思ってた。会話の間が妙に長かったもん」

「また大西に、裏切られたってわけだ」

「慣れてきたわね。あまり驚かなくなっちゃった」

周青麗が筆談に加わっていたのかは不明である。

王萌佳に聞いてみたが、友だちを悪く言えるわけがない。優等生はよく見えなかったからわからないと、クラスメートを思いやる回答をした。

「ありがとう。もう少しだけ待ってちょうだい。すぐに終わるから」

ふたりは隅々まで部屋をチェックした。

部屋を引き払うつもりか、大型家具以外は処分済みだった。

キャリーバッグは当然見つからず、行き先の手がかりもない。残されていたデスクトップパソコンを立ち上げてみたが、パスワードの入力を求められる。楠木はポストイットなど貼っておらず、それっぽいパスワードはすべてはね退けられた。

筆談に使われたメモも、当然、残っていなかった。

「さすがに抜かりがないな。仕方ない、帰るか」

「王さん、お腹空いてる？　何か食べていきましょうか」

「大丈夫です。お弁当をたくさん食べたから」

「男たちは、どこに行くとか言ってなかった？」

「早口だったから。日本の場所の名前は、あまりわからない」

申し訳なさそうに優等生は謝った。まだ初級学習者なのに、もっと日本語を勉強しておけばよかったと涙ぐむ。そのいじらしさがたまらず、新学期からのテストは甘く採点してあげようと心に決めた。

職権はこうやって濫用するのだと、マサミに教えてやりたい。

「そうそう、マサミ先生は学校を辞めました」

「え、本当ですか」

「だから安心して、新学期からも学校に来てね」

ようやく王萌佳に笑顔が戻る。

いい子である。彼女はデキが良いので甘い採点など必要なかったなと、夕香子も笑顔を返した。

「だからもう、マサミ先生に気兼ねはいらない。思い出したことがあったら、すぐに私に教えてちょうだいね」

「わかりました。夕香子先生は辞めませんね」

問われて、夕香子は絶句する。

三億円騒動に巻き込まれた留学生たちと、新学期からも普通に接することができるだろうか。彼らが学校に告げ口することはないだろうが、何かとやりにくいに違いない。

しかし今は、秋以降のことなど考えていられない。

ええ、とだけ答えると、よかったと言ってくれた。

なんとも言えない、おもはゆい心地である。

「さあ帰りましょう。今夜はお部屋でゆっくり休んで、明日からは安心して勉強なさい。悪い男は、夏休み中に私が成敗しておくから」

スマホを取り出し、優等生は成敗の文字を検索する。この調子で勉強に励めば、受験でいい結果が期待できそうだ。

彼女を部屋まで送ってやり、夕香子たちも赤羽のマンションに戻った。

楠木からの三億円奪還は空振りに終わったが、王萌佳が無事だったのは何よりである。人質の気苦労がなくなり、ふたりは自室でひと息つく。

ただ、明日からどうすべきかに行き詰まっていた。

「由布院はウソだよね。飛行機は荷物チェックがあるし、陸路だと半日はかかるし」

「九州だっけ。ごめん、俺、詳しく知らないんだ」

「私もよく知らない。高級温泉地ってのは聞いたことがあるんだけど」

「本人たちも知らないで言ってんじゃないのか。あこがれの地名を口にしてみましたって感じで。あとキャリーバッグはどうしたんだろ」

「王さんがキャスターの音を聞いてるから。三億円はまだ楠木たちのところね」

時計を見ると、午後十一時だった。

九州に向かうにしても、新幹線は終わっている。熱海に向かうにしても、深夜のチェックインは目立つ。慎重な楠木がフロントの記憶に残るような行動をするはずがなく、今夜は都内にいるだろうと意見が一致した。

「ホテルか、マサミの部屋の二択だな」

「ホテルだったらお手上げね」

「できれば早めに捕まえたい。三十キロを持ち歩いてるんだから、ハンデは向こうにある」

「でもちょっとずつ自分の口座に入金していったら、重さは減っちゃうわよ」

「スマホですぐに口座が開設できる時代だからな。ソニーとかセブンとかペイペイとか楽天とか、銀行もずいぶんと増えたし」

「ふたりしていっぱい口座を作って、見かけたATMから入金を続ければ、もしかして大金を処理できたのかしら」

なんで今ごろ気づくのかと嘆くうちに、夜も更けていく。

やみくもに動くわけにもいかないが、じっとしているのも辛い。武器でも作るかと啓治が立ち上がり、寝室に靴下を取りに行った。

「またそれなの？　もう少しマシなことをしてよ」

「落ち着かないんだよ。小銭の代わりに、靴下にガラスの欠片を入れようかな」

「指を切っちゃうし、持ち運びも危険よ。それに夜中にガラスを割る音が何回もしたら、近所に怪しまれる」

「じゃあ、大西のところにでも行ってくる。明日も会社だから、部屋にいるだろ」

どうしてそれを思いつかなかったのか。

筆談の内容を大西に聞けばいいのだと、ふたりは駅に向かった。

大西は都営三田《みた》線の蓮根《はすね》駅に住んでいる。到着したときは十二時を過ぎていたが、ふたりは遠慮せず、一〇五号室の呼び鈴を鳴らしまくった。

「いるんだろ、正社員。出ろよ、話がある」

二階建てコーポの壁は薄く、ご近所迷惑を恐れた大西はそっと玄関ドアを開けた。

「帰ってもらえますか。これ以上は協力できません。人質は解放できたでしょう」

「それは感謝してる。おまえのおかげだ。もう一つだけ、筆談の内容を知りたい」

「たいしたことは書いてません。逃げたいから協力してくれって」

「で、協力しちゃったんだ。ひどいなあ」

「仕方ないでしょう、楠木さんに刃物を向けられていたんですから。周青麗さんのお顔が傷つけられたら、先輩、責任を取れるんですか」

それはとんでもないことだと、啓治はあっさり大西を許した。

しかし、彼は裏切りのプロである。言い訳もずいぶんと上達していることを夕香子は心得ていた。

「とにかく部屋に入れて。もう少し話しましょう」

「ダメです。帰ってください」

「なんでだよ。あ、もしかして楠木たちをかくまっているとか」

「違う、誰もいない！」

大西にしては、狼狽が激しい。ビンゴかと啓治が玄関ドアに手をかけたが、キーチェーンがかかっていた。

「隠すなよ、暴れるぞ。隣近所の人がやってくる。警察も呼ばれる。いいのか？」

観念したのか、大西がため息をついた。

「ちょっと待ってください。ガスがつけっぱなしなんですよ」

そう言って、玄関を薄く開けたまま室内に消える。

すぐに戻り、キーチェーンに手をかけた。

小心者の後輩と油断していた。

バンと思い切りドアが開かれ、啓治は鼻を押さえてよろける。

パーカーにスニーカーの大西は、脱兎《だっと》のごとく駆けていった。

「てめえ、またかよ」

「啓治、騒がないで。あんたは走れる男じゃないでしょ」

そうだなとあっさり認め、狼狽の原因は何だろうと部屋に入ることにした。

今夜二回目の不法侵入である。

楠木のマンションと違い、大西の１Kはこぢんまりとしていた。台所はあまり使われてなく、独身男のひとり暮らし感に満ちていた。リビングとの仕切り戸は閉められており、テレビはつけっぱなしのようである。

「また人質がいたりして」

「あのあと周青麗ちゃんを連れ込んで、無体な行為に及んでいたとか」

「教師が言っていいことじゃないな」

「すいません。とにかく開けるしかないわね」

キッチンとは違い、リビングはかなり散らかっていた。怠惰な生活というより、乱闘のあとの乱雑ぶりという感じである。

そして、壁際のベッドが人型に膨らんでいた。

「うそ。信じられない」

「決まったわけじゃないぞ。本当だったら、俺が許さないからな」

「大声を出さないで。夜中なんだから」

「いいなあ、夜中に一緒に彼女といたなんて」

そんな啓治に触れさせるわけにもいかず、夕香子がそっと掛け布団をめくった。

ぐったりとした和佳奈が、横たわっていた。

「なんだ、コイツかよ」

「そういう問題じゃないでしょ。なんか様子がおかしい」

「ホログラムじゃないのか。ほら俺たち、和佳奈のボコボコ画像にだまされただろ」

「なんでホログラムで掛け布団が膨らむのよ。本物の本人。息はしてるみたいだけど」

ボコボコでなくてよかったと、とりあえずは安堵する。

以前マサミが薬で趙季立を眠らせたと言っていたが、その睡眠薬を使ったのか。大西は敵と通じているから、もらったのかもしれない。

「平日の夜なのに、和佳奈も遊びに来るなよ。正社員が迷惑するだろ」

「フィアンセなんだから。それに和佳奈なら、別に逃げることもないのにね」

「何かあったのかな。それとも婚約者どうしで睡眠薬プレイとか」

夕香子がいい加減にしろと張り倒す。

すいませんと謝った啓治が、筆談のメモを探したが見つからなかった。

後輩に申し訳ないと思いつつ、ふたりは室内を物色した。目ぼしいものはなかったが、引き出しに預金通帳を見つける。これをどうするか、ふたりは悩んだ。

「ちょっと預かっておこうか。楠木、一千万円は振り込むって言ってたよね。通帳記入なら暗証番号はいらないし」

「大西のを通帳記入しても、何もわからないだろ」

「約束を守るか守らないかがわかる。振り込みの約束を破ったら、周青麗が激怒する」

「そっか、明日の朝九時に振り込むって約束してた」

「明日は早起きしないとね」

「で、この和佳奈はどうしようか」

けっして安らかな寝顔ではなかった。目に涙らしきものも見える。大西の会社に脅しに行ったとき、和佳奈は何も知らないと断言していた。彼女に漏らせば計画がメチャクチャになると、皆が警戒するのは当然である。

しかし、いくらちゃらんぽらんの和佳奈でも雰囲気で何かを察するはず。それに今夜、大西は周青麗をエサにシェアハウスに呼び出されている。

「二股の予感がしたのよ。それで和佳奈はここに来たのね」

「しかし周青麗さまにお会いしたい大西は、コイツを睡眠薬で眠らせた」

そんなに早く薬が効くものかと思ったが、大西はシェアハウスにやって来たし、和佳奈はこうして熟睡している。まあそんなところだろうと決めつけて、ふたりは赤羽の自室に戻ることにした。

「大西くん、どこ行ったんだろう。また楠木のところかな」

「さあな。もういいよ、大西は。明日も会社だから、朝方に戻って着替えて出社するんじゃないのか。正社員だし」

　気弱な大西が、一日に二度も楠木のところへ行くとは考えにくい。大したことができるヤツじゃないし、せいぜいファミレスで夜明かしだろうと、ほうっておくことにした。

和佳奈をもう一度確認する。

肩をそっと揺すってみたが、起きる気配はなかった。彼女の役目は一泊の人質役だけであり、それ以降は顔を見せていない。

このまま寝かせておいても問題はないだろうと、掛け布団を直してやる。起床後に騒がれて苦労するのは大西だけだと、こちらも放置が決まった。

「じゃあ帰るか。朝まで眠れるように電気は消しておいてやろう」

すでに終電もなく、朝までファミレスの体力も残っていないふたりはタクシーでマンションへと戻った。

●十四日目

翌朝、午前八時半。

目覚ましとアラームが鳴り響く中、ふたりはなんとか起き上がった。

コーヒーで眠気を払い、大西の通帳をポケットに入れて銀行へと向かう。

「午前中に起きたのって、今年初めてかもしれない」

「段ボールが届いてから、毎日ドタバタしすぎだよ。早く終わってくれないかな」

愚痴を言いながら、駅近くのATMに通帳を挿入する。数行の書き込みが終わって排出されたが、分け前の一千万円は記入されていなかった。

「振り込みが通帳に反映されるまで、時間がかかるんだっけ」

「今の時代、それはない。もう九時二十分を過ぎてるし、周青麗にも振り込まれてないんじゃないかな」

「外国の方を騙すのは感心しないな。日本人として恥ずかしいよ」

「面子を大切にするお国柄だから。約束をすっぽかされた彼女が激怒してくれたら、私たちにはラッキーかも」

念のためにと九時半にも試してみたが、変化はなかった。部屋に戻り夕香子が周青麗にラインを入れると、案の定、不機嫌な返事が返ってくる。

『入金がありませんでした。悔しいです』

『楠木は悪い男ですね。同じ日本人として恥ずかしいです』

啓治の言葉を借り、夕香子は国を背負って謝った。

周青麗はタダ働きに怒り、絶対に許せないと書き込んでくる。

美人はプライドが高いのだ。

『私が交渉してあげます。マサミ先生たちがどこへ行ったか、知ってますか』

しばらくすると、殴り書きのメモ用紙画像が送られてきた。楠木の部屋からメモを持ち帰ったのは彼女だったのだ。我が教え子の女子たちは、揃いも揃って優秀である。

熱海ナギサ亭という宿名が記されていた。

すぐに啓治に検索させると、やたら大型のホテルが出てきた。部屋数も多く、楠木たちに行き着くまで手間が掛かりそうである。

「本当に熱海に行くとは思わなかった。マサミが押し切って、婚前旅行を実行させたのね」

「ホテルも彼女が選んだんだろ。楠木なら、もっとしゃれた隠れ宿を選択する」

「行き先の主導権は、マサミにあるみたいね」

「団体客も泊まってそうなホテルだな。楠木も気の毒に。気が休まらないだろ」

「逆にいいんじゃない。外国人観光客も多そうだし、重いキャリーバッグも目立たないし」

チェックインは、午後三時からと書かれてあった。

まだ午前十時前である。

いつもなら寝ている時間のせいか、何をしていいのか思いつかない。せっかくの早起きを無駄にしながらコーヒーを飲んでいると、玄関のチャイムが鳴った。

「どうする。寝てるふりしようか」

「誰かがこの部屋に来ると、ロクでもない事が起こる。イヤな予感しかしない」

「午前中は寝てるって、みんな知ってるから。居留守は通じるんだけど」

しかしチャイムはしつこかった。昨夜の大西の部屋で自分らのしたことが、半日もしないうちにやり返されているわけである。

「啓治、出てよ。ドアチェーンは外さないで」

「大西かな。昨夜の仕返しに、武器を持って来襲とかだったらどうしよう」

「正社員は会社に行ってる時間だから大丈夫。ほら、早く」

説得力の薄い励ましに、啓治は仕方なくドアを開けた。

来客は怒りの形相をした和佳奈だった。

「さっさと出なさいよ。ドア、早く開けて」

「俺らが寝てる時間なのは知ってるだろ。午後に出直してこい」

「そんなこと言っていいの？　私、知ってるんだから」

和佳奈の声が大きくなる。コーポよりは壁が厚いが、築四十年超えのマンションゆえ、隣近所から苦情が来そうだ。昨夜の大西のようにドアで攻撃してやろうかと思ったが、女性に対してすべきことではない。

「わかった。入れよ」

「コーヒーの匂いがする。なんだ、起きてたんじゃない」

目ざといだけじゃなく、鼻も利く女だった。夕香子はもう一杯コーヒーを淹《い》れ、啓治は知っていることとは何だと質問する。

「すごいお金を手に入れたんでしょ」

「大西に聞いたのか。金額も知ってるのかな」

「知らないわよ。でも大西のやつ、金をやるから婚約を解消してくれって、昨日の夜、急に言い出して」

ボロボロと、幼児のように和佳奈が泣き始めた。

大西は手切れ金のためにスパイを引き受けていたのかと、ふたりは顔を見合わせる。別れたい気持ちはわからないでもないが、入金のめどが立ったからと言って、すぐに別れを言い出すのはデリカシーがなさすぎる。昨夜、分配金話と周青麗が同時に目の前に現れてしまい、功《こう》を焦ったというところか。

せめて事が終わってから、別れを切り出せばよかったのに。

美人留学生に心を惑わされた大西は、さっさと横着《おうちゃく》な別れを申し出たに違いない。

「彼になんて言われたの？」

「さっき言ったじゃない。金をやるから婚約を解消してくれ。聞いてなかったの？」

「あ、ごめん。そうだったわね。寝起きだから、ちょっと頭が働いてなくて」

せっかく優しく聞いてあげたのに、相変わらず自己中心的な女である。しかしギャン泣きにウソは感じられず、しゃくりあげている和佳奈に少し同情がわいてきた。

「本当にひどいわね。ほかにどんなことを言われたのかな」

「もう消えてくれ。百万円やるから、文句はないだろって……」

「なによ、それ。やるって、そんな言葉、失礼すぎる」

犬を追い払うような扱いを受けては、号泣も無理はない。怒りと憐れみを覚えた夕香子は、なんとかしてと啓治を見た。

「しかし、どこにいるかわかんないからなあ」

「わかる。私、居場所、わかる」

黄色のポーチからスマホを取り出す。

「彼のスマホにGPSアプリを入れてるから。お願い、大西を殺してっ」

いつもはキンキンと高い声で喋る和佳奈が、ドスの利いた低音で命じてきた。あまりの迫力と物騒な殺人依頼に、啓治は尻で後ずさる。

夕香子は昨今のGPSの精度に驚いていた。

「これ、本物なの？　本当に大西の現在地が表示されてるわけ？」

「へえ、クリアだな。よく大西がアプリ入れるのを許可したもんだ」

「男女交際の基本だよ。夕香子たちは入れてないの？」

「いや、私たちはもう三十路だから。二十代カップルって、なんていうか、熱烈なんだね」

電源が入ってないと追跡できないという記憶があったが、技術の進歩はすさまじい。マップには緯度と経度までが表示されており、スマホを持ち歩くのが怖くなってくる。

「はい、啓治。これ持って大西くんを殺してきて」

「ふざけるなよ。まあ、今度会ったら、一発殴るくらいはやってやるけど」

「昨日、武器を作ってたじゃない。クラッシュ靴下《なります》。あれで殴って」

「あれ、未完だから。というか、大西、なんで成増にいるんだろ」

「外回りじゃないの？」

違うと和佳奈が首を振る。

「技術職だから会社から出ない。支店もないはずだし、変だな」

ポインターは移動していない。

本当に出社していないのかと、身内のふりをして夕香子が会社に電話してみた。高熱が出たので、今週は休んでいるとの返答だった。

「会社に行こうが休もうが、どうでもいいから。成増に行って、彼を殴り殺してきて」

「和佳奈、ちょっと落ち着いて」

「きっと成増に女がいるのよ。女ともどもやっつけてっ」

「そんなことしたら、自分が損をするだけ。和佳奈がもったいない。いいじゃない、人でなしの男なんて捨てちゃえばいいの」

「約束する。私たちが大西くんを懲らしめてあげる。指切りしようか」

「夕香子、ありがとう。やだ、涙が止まんない」

くすんくすんと鼻をすする。

本当に好きだったのかと問うと、和佳奈はこくんとうなずいた。

妻の座狙いで、女慣れしていない大西にひっついていると蔑《さげす》んでいたが違っていた。

愛してたのにとポツリとつぶやく。

だったらもう少し大西の好むような大人しい女性になれと思ったが、それでは和佳奈でなくなってしまう。自分本来の姿を好きになって欲しいとありのままを晒し続けたが、結果として嫌われてしまったのだ。

なかなか、できることではない。

彼氏好みに自分を抑えがちな女たちとは大違いだと、初めて和佳奈を理解できたような気がした。

しかし愛は押し付けるものではない。受け入れられなければ引くべきだと夕香子は考えている。今がその時だろうと、そっと和佳奈の肩を抱いた。

「気持ちはよく分かる。でも仕方ないから。あなたから気持ちが離れた男のことはあきらめましょう」

「でも、悔しい」

「でも婚約してたんだよ。そんな簡単に言わないでよっ」

忘れていた。

ただの男女交際のお別れではなかったと、薬指の指輪に冷や汗をかく。

ベソをかき続ける女をどうすればいいかと時計を見ると、午前十一時近かった。熱海行きを考えると、そろそろ準備を整えなければならない。

「和佳奈、大西くんを殴るって約束は守るから、今日は帰ってくれないかな。ごめん、私たちこれから大事な用があるの」

「用事って何よ」

「神奈川の奥の方まで行かなきゃいけないの。今日じゃなきゃダメなのよ」

「ひどい。大西もひどいけど、夕香子もひどい」

ふたたび号泣が始まった。

大西の苦労がわからなくもない。だから婚約破棄されるんだと、さっきとは真逆の感想すら抱いてしまった。

どうしようと啓治を見ると、スマホのGPS画面に見入っていた。泣きじゃくる和佳奈を刺激しないよう、台所に移動し小声で話し合う。

「成増って、誰が住んでたっけ」

「私たちの知らない友人じゃないの」

「大西も友だちは少ない。同級に友人が作れなかったから、先輩の俺らが面倒を見ていたようなもんだろ」

「そうだったわね。じゃあ、本当に女のところだったりして」

成増在住、女と単語が繋がり、マサミを思い出す。

学校でコピーした個人情報の住所は成増だった。

マサミの名前が出たことで、今度は啓治が後輩の名誉を守りにかかる。

「いや、ちがう。ごめん。大西にも、俺が知らない友だちがいるはずだ。大西の相手がマサミのワケがない。あいつは常識人だ。だからきっと、俺らの見知らぬ友人の所にいるんだよ」

「でも蓮根と成増は近いから。電車は通ってないけど、タクシーを使えば十五分ぐらいで行ける。昨日の夜の逃げ込み先は、マサミの所だったのよ」

「やめてくれ。何だよ、その修羅場は。大西と楠木が、あのマサミを争っているというつもりか」

「逆だったりして。マサミが年下男どもを二股にかけている」

どちらの展開も、想像したくない絵である。

しかし、この騒動が始まっていちばん長く一緒の時間を過ごしているのは、大西、楠木、マサミの三人だ。情が入り組むこともあり得るかと考え、まあ、なくはないかもしれないが、確定しないでおこうという結論となった。

「私、ちょっと成増に行ってくる。マサミの部屋も、一応チェックしておくべき場所だし」

「熱海はどうするんだよ」

「チェックインは三時だけど、楠木たちが時間どおりに来るとは限らない。それにマサミの部屋の状況次第では、熱海行きもなくなるかも」

「和佳奈はどうするんだ」

「面倒見てあげて」

リビングに戻ると、和佳奈は化粧を直していた。

そして私も一緒に成増に行くと立ち上がる。

「やっぱり自分で殴ってくる。きっちり別れて、次の男を見つける」

泣くだけ泣いた女は、一皮剝《む》けて強くなっていた。


結局、三人で向かうこととなった。

池袋で乗り換え、約四十分ほどの移動である。

マサミの部屋は赤羽のマンション同様、オートロックもエレベーターもない古びた中層の建物だった。玄関のポストには朝刊が差し込まれたままで、なぜかカギが掛かっていなかった。

「俺ら、不法侵入してばかりだな」

「新聞を取ってるなんて、立派ね。さすが日本語教師って感じ」

「もう昼間なのに、ポストに刺さったままというのが怪しいよな」

「ふたりで心中してたりして。まあ、それでもいっか」

和佳奈が物騒なことを言う。

いや、大西は美人留学生にうっとりしていたと教えてやりたかったが、話をこじらせないほうがいいと黙っていた。

間取りは大西のコーポと似ており、台所の奥に八畳のリビングがある。両開きの戸をそっとあけると、マサミがあお向けに転がっていた。

寝ているのかと、三人は静かに部屋に入った。

部屋中に教科書が散らばっている。マサミ先生の勉強の仕方はずいぶんダイナミックだなと一冊を手に取ると、平綴じの背表紙部分にべっとりと血がついていた。

ひっ、とあわてて投げ捨てた。

「やだ、気持ち悪い。マサミの血にさわっちゃった」

「心配しろよ、同僚だろ」

「本当に血なの？　じゃあ、この女、死んでるってこと？」

淡々と断じた和佳奈が、ちょっと恐い。

啓治が鼻先に手を当てると、豪快な鼻息が感じられた。そのまま顔にかかっている髪の毛をかき分けたが、特に傷痕は見当たらなかった。

「後頭部を殴られたのかな。体、ひっくり返してみるか」

「そのまえに少しお部屋を探ろう。マサミが起きてからだとできないし」

足音を忍ばせて、夕香子はあちこちを見回った。後ろから啓治につつかれ、そっと紙袋を見せられる。

中には札束がずっしりと詰まっていた。

ただ億には届いておらず、重みからして二千万円ぐらいだろう。

声を上げそうになったが、和佳奈に気づかれると面倒である。札束が見えないように教科書で隠し、タンスの横に置いておいた。

和佳奈はコソコソしたやり取りに気づかず、ぼんやりとマサミを見下ろしている。

「大西くん、別の女と結婚するって言ってたの。妻となる女性にDVするなんて、ひどい」

なんだそのカップリングはと思ったが、勘違いさせておくことにした。

「私への二股も許せないけど、か弱い女性を殴り倒すなんて最低。ケダモノみたいな男だったのね。私、彼のヒョロッとした見た目にだまされてた」

いろいろと間違えられている大西が、少し気の毒になる。

彼は見た目どおりの弱々しい男であり、無理な命令にも黙って従う主体性の薄い性格である。だから和佳奈にも楠木たちにも押し切られ、損な役割を演じていたのだ。

それが周青麗の出現で変わった。

勇気を出してというか、勝手な思い込みで暴走し、すぐさまの別れを口にしてしまった。もっと言葉を選べばよかったのに、金をやるから婚約を解消してくれと、身もふたもないセリフを和佳奈に突きつけてしまったのだ。

ただそれが、マサミの昏倒《こんとう》とどうつながるのかがよくわからない。

それにGPSはこの部屋を示しているが、大西本人は不在である。いったい彼のスマホはどこだろうと悩んでいると、タイミングよく和佳奈がベッドの下にあるのを見つけた。

「あ、これ、大西くんのスマホだ」

「なんで彼のスマホだけが、このマンションにあるんだろう。昨夜、自分の部屋から走って逃げ出したのは知ってるんだけどね」

「さっき私が言ったでしょ。大西くんとマサミはデキてたの。で、痴話ゲンカになって乱闘して、スマホを落としていったのよ。話、聞いてた?」

和佳奈のキンキン声に、ううんとマサミが目覚める。

寝込みへの不法侵入をどう説明しようかと焦ったが、マサミは部屋を見回し、そしてシクシクと泣き始めた。

「マサミさん、どうしたんですか。どこか痛いんですか」

「心が、痛い」

詩的な返事に、夕香子は固まる。

涙ながらの説明は、和佳奈が大西にされたこととほぼ同じだった。

昨夜、人質を置いて大森のマンションから逃げ出したあと、楠木とマサミはこの部屋に身を置いた。重いキャリーバッグを引きずってホテルに泊まるより、自分のマンションのほうが落ち着くとマサミが誘ったのである。

楠木は渋ったが、マサミはタクシーの運転手にさっさと行き先を告げてしまった。車内で言い争っては目立つと思ったのか、楠木は成増行きを受け入れた。デザイナーの彼氏を部屋に招き入れたことで、マサミは舞い上がった。

簡単なツマミを作り、晩酌を楽しみながら将来を語り合う。次第につき合っていられなくなった楠木が悪酔いし、肉弾戦になったとのこと。

「私、何も悪いことしてないのに。それどころか、全身全霊で協力し続けたのよ。大好きな職場も放棄した。仕事をやめて夫となる人についていこうと決心したのに、どうして教科書で殴られなきゃいけないのよ」

主張も号泣も、和佳奈そっくりである。

どちらの女子も、懸命に好意を示しただけなのに。

じゃあこれからの展開も同じかなと、夕香子はマサミの横にしゃがみこんだ。

「ひどいですね。どこを殴られたんですか」

「腕よ。腫れてない?」

「大丈夫みたいですね。一発だけですか」

「ええ、私も反撃したから。大切な教科書を使われたから悔しくて、奪い返して殴り倒してやったの」

ならば教科書の血痕は楠木のものかと、彼の身が少し心配になった。

初級の教科書は厚みがあり、紙質もよく頑丈な作りだ。角を急所に打ち込めば、けっこうなダメージになる。目を狙えば眼球が危ないが、背表紙に付着していたのは血液だけだった。デザイナーは目が命である。とりあえずはよかったと旧友の職を案じてやった。

「殴り返したあとは、どうなったんでしょう」

「よく覚えていない。彼にドンと押されて、タンスに頭をぶつけたような気もする。それで気絶しちゃったのかな。で、いま気がついたところよ」

酒を飲んで大暴れして、クラクラっと寝込んだだけかもしれない。持ち込んだキャリーバッグはどこかと、部屋を見回したが当然見当たらなかった。

「その時、大西さんも一緒にいたんですか」

「いいえ、楠木くんとふたりきりよ。それに、どうして大西がこの部屋に来るの？　私、彼とはこの件で会ったばかり。知り合って間もない男を部屋に入れるほど、私はふしだらじゃないんだからね」

怒りつつも、不思議そうに見返してくる。

横で聞いていた和佳奈も、不思議そうな顔をしていた。

どちらの女性も、大西が周青麗に惚れ込んでるのを知らないのである。

「マサミさんと大西くん、結婚するんじゃないんですか？」

「なんでよ。冗談はやめてちょうだい。人の婚約者に手を出すなんて、この私がするわけないでしょう」

「じゃあ、大西くんが結婚する女性って、誰なの？　夕香子、知ってる？」

すっとぼけるしかなかった。

それよりも大西のスマホが気になっていた。

どうして彼はおらず、スマホだけがこの部屋に置かれていたのか。

マサミの昏倒に驚いた楠木が、キャリーバッグを忘れて逃げてしまった。再び部屋に戻るのもイヤで、パシリの大西に回収を命じる。その時にこの部屋に落としたのかと、夕香子は考えてみた。

いや、崖っぷちの楠木がキャリーバッグを手放すわけがない。

彼は仕事にあぶれ、妻に離婚され、あげく父親にも何かあったという切羽詰まった状態にある。この金ですべて解決と、三億円とともに部屋を後にするはずだ。

とはいえ、さすがに総取りしてはマサミに通報されるかもしれない。怒りを鎮めるには金がいちばんだと、紙袋に二千万円の札束を詰めて、手切れ金として置いていった。

しかし部屋を出たはいいが、だんだんとマサミの身が心配になってくる。

三億円の処置はおいおい考えればいいが、万が一、マサミが死んだら警察沙汰となってしまう。それだけは困るとここで大西を呼びつけ、生存を確認しに行かせたのだ。

いい線いっているような気がする。

大西がスマホをベッド下に置いていったのは、マサミの身を案じてではないか。

気の弱い彼は、女性の体に触れての確認はできない。見た感じは寝ているだけだが、楠木はタンスに頭をぶつけて倒れたと言っていた。打ちどころが悪ければ、いずれ死んでしまう恐れもある。

誰かに知ってもらおうと、ＧＰＳアプリの入ったスマホを部屋に置いておく。

嫉妬深い元カノの和佳奈なら、自分の居場所を探してＧＰＳのポインターを追う。

マサミを見つける頃には、大西は離れた場所に逃げているという寸法だ。

「なんだかんだで、大西くんはいい人なのよ」

「楠木の極悪さが目立つな。今、どこにいるんだろう」

「私、わかる。同じの、入れておいたから」

マサミがスマホを取り出した。

性格が似ている女は、同じ行動を取るらしい。

「楠木のやつ、まだ大森にいるのか。というか、これ、GPSって怖いんですけど」

「男女交際の基本よ。夕香子さんも、彼氏のスマホに入れておいたほうがいいわよ」

「彼、気づいてないんですか」

「パソコンには詳しいけど、スマホはあまり好きじゃないみたいね」

しかし大西はエンジニアである。先輩の監視アプリをアンインストールしてやればいいのにと思うのだが、下手なおせっかいは控えたというところか。

「マサミさん、今日は熱海に行く予定だったんですよね。どうするんですか」

「そんな気分じゃないけど、あの極悪男を懲らしめたいわね」

「でも楠木が、予約したホテルに行くとは思えないし」

行き先に迷う夕香子たちに、啓治はスマホを指差す。

「どっちにしろ位置情報で追えるんだ。ヤツの次の移動までひと息入れよう。午前中起きだから、ちょっとダルい」

じゃあ好きに休んでと、マサミがお茶を出してくれた。

彼氏と信じていた男に逃げられた女ふたりは、一発殴りたいと意気投合していた。一銭も自分に分け前を与えないなんてと、マサミは楠木相手に怒りがおさまらない。

夕香子は、チラリとタンス横の紙袋を見た。

手切れ金のことを教えてもいいが、彼女の怒りは利用できそうだ。楠木が抵抗したら、マサミをけしかければ強力な攻撃力になる。修羅場の想像を楽しみつつ、夕香子はポインターを確認した。

「そろそろ午後一時なのに、全然動きがないわね。疲れで寝てるのかな」

「自宅で寝てるってのは、楠木にしては無防備すぎる。もしかして大西と同じように、スマホを置きっぱなしにして逃げたんじゃないのか」

「うかつだった。きっと彼が知恵をつけたのよ」

楠木の行方が追えなくなってしまった。

誰かいないか、何かないかと頭を悩ませていると、周青麗からラインが入る。

『大西さんが来ました。交際してくれと言っています』

思わぬ展開に、夕香子は和佳奈に背を向けた。

『気持ち悪い。それに札束を渡されたけど、たった百万円なんて冗談じゃない。私は先生に味方して、正当な報酬を手に入れたいです』

いったい何をしているのかと、大西の行動が物悲しくなった。

どちらの女性にも百万円を差し出したらしい。女への不慣れさ加減に同情を禁じ得ない。

『連絡ありがとう。大西は今どこにいるの』

『私の部屋です。シェアハウスだから、もしものときでも、ルームメイトたちが助けてくれると思いました』

正しい対処である。

周青麗はトイレでラインを打ち込んでいた。彼女はそこそこ日本語が話せるので通話に切り替え、大西の様子を探ってみる。

「ひとりで来てますよ。ぐったりしてる。もう降りたいとか言っていました」

「わかった。このままあなたのスマホを、彼に渡してちょうだい」

すぐに大西の声が聞こえ、すいませんと謝ってきた。

皆に振り回された大西は、本当に疲れきっていた。GPS付きのスマホを部屋に置いたまま、出掛けるよう楠木にアドバイスしたのも自分だと素直に告白してくる。

「本当にすいませんでした。もう限界です。ゆっくり眠りたい。会社も休んじゃったし」

「大丈夫、あとはラスボスを捕まえるだけ。もう楠木に味方は残っていないし、私たちは大西くんを絶対に守る」

「ありがとうございます。信じてます」

「楠木、どこに行ったの？」

「九州です。由布院で少しゆっくりすると言ってました」

本当に由布院なんだと、ネット検索で見た露天風呂の画像を思い出す。

楠木も疲れているのだ。

いい逃亡先を思いつけず、マサミと話し合った婚前旅行先を選んだのかと、たったひとりでの行動が気の毒になる。

「大西くん、分け前はもらったの？　ああ、責めてるんじゃなくて、いまどのくらいの重さを持ち歩いているのか知りたいだけ」

「一千万円です。僕は正社員ですから、それだけもらえれば充分です。マジメに働いて、かわいいお嫁さんをもらって、地味に生きていきたいんです」

それがお似合いの気弱な男である。

しかし、かわいい中国人のお嫁さん候補は大金を望んでいた。

元婚約者は騒々しいが、大西への愛だけは本物だった。和佳奈とよりを戻せばいいのにと考えつつ、楠木の行動をさらに探ってみる。

「九州へは飛行機で行くのかな」

「大金を持ち歩いての道行きですからね。荷物チェックのない新幹線ですよ」

「彼はまだ部屋にいるの？」

「僕と一緒に出ました。三時くらいには品川駅《しながわ》に着くと思いますよ」

「それ、本当よね？」

「本当です。もうウソはつきたくない。信じてください」

「ありがとう。大助かりよ。じゃあ部屋に帰って、ゆっくり寝なさい。周青麗さんのシェアハウスに泊まるのは、先生が許しません」

そうですよねと寂しげに言い、周青麗に電話を変わった。九州での捕《と》り物《もの》を察した彼女は、自分も行きたいと語気を強める。

「私も参加したいです。じゃないと報酬をもらっても嬉しくない」

「構わないけど、私たちは飛行機で行って先回りするつもり。当日で正規料金だから運賃は高いわよ」

「お金よりも経験です」

アクティブに言い切る。そうだよなと、夕香子も少しワクワクしてきた。

「飛行機の時間が決まったら連絡する。本当に一緒に行きたいなら、羽田《はねだ》にいらっしゃい」

ハイと元気な返事が頼もしい。

捕り物の仲間は多いほうが心強いと、周青麗もメンツに数えることにした。

由布院への新幹線ルートを調べたが、午後三時以降の東京発だと当日に到着するのは難しいらしい。博多《はかた》駅で特急に乗り換えるのだが、由布院への接続に間に合わず、どこかでの一泊が必要のようである。

陸路での移動は意外に面倒なんだと、最近旅行に縁のない非正規ふたりは検索を続けた。

「博多から大分までは、今夜中に着けるのか」

「そこからタクシーを使ったりして。楠木、金持ちになっちゃったわけだし」

「いや、深夜にキャリーバッグ持参でチェックインするのは、かなり目立つ。慎重な楠木なら博多あたりで一泊して、翌日の移動を選ぶんじゃないか」

「あり得るわね。じゃあ新幹線が到着する、博多駅で待ち伏せするのがベストかな」

やや心もとないが、ほかにいい知恵は浮かばず決行を決めた。

大西は、楠木は三時頃に品川駅へ到着すると漏らしてくれた。その時間帯の博多駅への新幹線は、直通の場合、東京駅から約二、三十分おきの発車だった。乗り込む新幹線は絞り込めそうだと、夕香子は時刻を書き出したメモをポケットに入れる。

「スマホのアプリがあるのに」

「見やすい一覧表にするには、紙に書くのがいちばんなの」

「博多までは五時間もかかるんだ。じゃあ少し余裕を見て、午後七時あたりから、博多の新幹線ホームで待てばいいんだな」

「簡単には行かないわよ。新幹線は長いし、乗客もたくさん乗ってるし」

「でも三十キロのキャリーバッグを、たったひとりで運んでいるわけだから」

啓治がざまあと笑う。

駅で見つけることができれば、勝ったも同然である。走って逃げられなければ、楠木は自分たち五人に囲まれることになる。

夕香子、啓治、マサミ、和佳奈、そして周青麗。

誠実に対応していれば、マサミはこっちサイドにつかなかった。

大西をこき使わなければ、運搬を手伝ってもらえただろうに。

欲張った楠木は、孤独に三十キロの荷物を引きずっているのである。

「もっとたくさん、この部屋に置いていけばよかったのに。半分をあげちゃえば、残りは十五キロ。それくらいなら持ち運びも楽になったでしょうに」

金の分配を夕香子が匂わせてみた。

飛行機での追跡の費用が心もとなかったからである。

察したマサミが部屋を見回し、タンス横の紙袋に目を留めた。

教科書を取り出して中身を確認し、ふざけやがってと舌打ちする。

「たった二千万円って、人をバカにしてるわね」

「マサミさん、相談なんですけど、それ、私たちに返却してもらえませんか。もしかしたら増やせるかもしれません」

「それ、どういうこと？」

夕香子は、趙季立から依頼された三億円奪還ミッションを話した。

楠木から金を奪い返せば、半額を成功報酬としてもらえることも教える。やましい金ではなく、いわば正規の報酬だと強調した。自分らに周青麗と和佳奈を加え、それにマサミの五人で割っても、ひとり三千万円になると分配も説明する。

悪い話ではないはずと、了承の返事を待った。

しかしマサミは、鼻で笑う。

「バカじゃないの。十代の子どもの言うことを信用してるんだ。夕香子センセも夢見がちな人間なのね」

「いえいえ、私ももちろん話半分で聞いてましたよ。でもほら、彼は二百万円をなくしても警察に届けない坊っちゃんでしょ。万が一って希望も、ゼロじゃないというか」

「どっちでもいいわよ。くれるというならもらうけど」

「よかったです。当初の予定より、分母が多くなって恐縮です」

未確定の報酬にへつらう夕香子に、マサミは情けないとため息をつく。

「人の金を当てにするより、自分で稼いだほうが気分がいいけどね。私は手に職もあるし、勤め先はいくらだって探せるわ」

マサミも一皮剝けていた。

男に裏切られた女はこうもたくましくなるのかと、飛行機をチェックしている和佳奈を見る。スマホでの調べ物はお手の物らしく、器用に画面をタップしていた。

「福岡空港までは飛行機で二時間くらいで行ける。便はけっこうあるし、空席も充分にあるわよ。午後五時までの出発便に乗れば、七時には到着できる。空港から博多駅まではタクシーで一五分ぐらいだから、もう余裕ね」

こんなに長いセリフをよどみなく言えるのかと、夕香子は目を丸くする。今までの舌っ足らずな幼児ことばは何だったのだと、料金まで調べ上げた和佳奈に驚かされた。

「当日だから、正規料金を払うしかない。往復でひとり四万円を超えちゃうか」

「これ、使っちゃいましょう」

マサミが札束をひとつ取り出し、帯封を解く。

勢い余って、一万円札がパラパラと床に散らばった。

和佳奈が一枚を手に取り、ひらひらと振る。

「お金は使わないと、意味がないのよね」

「なんで一億円ブロックとか、札束とかにこだわってたんだろう」

大金を崇《あが》めていた非正規のふたりが我に返る。

報酬の五千万円を、何に使うつもりだったんだっけ。

服も靴も新調したいし、海外旅行にも行ってみたい。

車も欲しいし、マンションも欲しい。

それからと続きを考え、案外続かないことに苦笑が漏れる。

老後のための貯金かなと絞り出したが、なんともつまらなかった。

「まあ、今はミッション完遂だけを考えましょう」

「そうだな。もらえればラッキーってことで」

「もらえるに越したことはないけど。でも働いた日給分ぐらいは欲しいわね」

「きれい事だけじゃ、生活できないもんな」

みみっちいジレンマを小さくつぶやき、散らばった札を集めた。マサミが財布に詰め込み、入らない分を封筒に入れて夕香子に差し出す。

「教え子の百万円だから、教師ふたりで管理しましょう」

「了解です。じゃ、行きましょうか」

残りの千九百万円が入った紙袋を押し入れに隠し、しっかりと戸締まりをする。そして四人は、飛行機に乗るため羽田空港へと向かった。

出発便の時刻と便名を周青麗にラインしたのだが、チェックインカウンターには坊っちゃんとガールフレンドも並んで立っていた。

「誘っちゃいました。かまいませんよね」

「助かるわ。新幹線は長いし、改札への降り口もいくつかあるから。人手は多いほうがいい」

「これで七人か。楽勝だな」

「油断しないで。でもこれだけメンツが揃うのは心強いわね」

見回しつつ、坊っちゃんがネックかなと少し不安になる。詳しい計画は機内ですればいいと、チケットを買うことにした。夕香子がクレジットカードを取り出すと、ちょっと待ってとマサミが止める。

「趙季立さん、あなたのお金を一時的に借りるけど、いいかしら」

「それ、あげます。経費として、遠慮しないで使ってください」

さすが社長の息子、経済用語には通じている。

できれば自分のクレジットカードを使ってポイントをごっそり貯めたかったが、せっかくのいい雰囲気をぶち壊したくない。数千ポイントごときを惜しむなと、夕香子はカードを財布にしまった。

現金で全員の航空券を購入し、四時半発の福岡空港行きに乗り込んだ。留学生三人を並んで座らせ、少し離れた後ろの席に大人四人が座った。啓治が端になり、和佳奈、マサミ、夕香子の順で並ぶ。

「グリーン車の停車位置で待てばいいのよね」

「おくつろぎシートでひとり旅か。落ち着いたら私も旅がしたいわ」

「今日で終わりですよ。長かったような、あっという間のような」

「楠木が部屋に飲みに来てから、九日間だっけ。俺ら、休みなく動いてたよな」

「私も同じよ。毎日、彼と会ってた」

マサミがつぶやく。

出会って、楠木の計画通りに動いてやって、結婚を夢見て。

最後の一日となった今日、楠木を確保するために九州に向かうことになるとは思いもよらなかったろう。

大西だけは疲れ切って部屋で寝ているが、マサミはタフだった。啓治ですらウトウトし始めているのに、彼女はスマホで博多駅の構内図をチェックしている。

「飛行機でもネットができるようになったのね」

「私も知りませんでした。恥ずかしながら空の旅は二回目なんですよ」

「夕香子さん、田舎はどちら？」

「秋田です。でも帰省するときは夜行バスを使っちゃう」

「へえ、私は静岡なのよ」

「いいですね、近くて。毎日、富士山が見られるんですよね」

「晴れてればね。お山を見て暮らすのもいいかな」

会話が途切れた。

和佳奈もスヤスヤと寝息を立てている。

離れた位置に座る留学生たちは、母国語で盛り上がっていた。

「彼とは、結婚するの？」

ささやくようにマサミが聞いてくる。腰を上げて端の啓治を見たが、口を半開きにして熟睡していた。何をしゃべっても聞かれることはないと、夕香子は横に顔を向ける。

「私たちが本当は夫婦じゃないって、知ってたんですか？」

「楠木くんたちに聞いた」

では啓治が正社員じゃないことも、バイトで働いていることも知られているのだ。

もう見栄はいらないと、夕香子は素直に答えた。

「わかんないですね。お互い非正規で先が見えませんし」

「しちゃいなさいよ。あんたたち、お似合いだから。お金なんて案外、どうとでもなるの。それより一緒にいて心地いい相手を見つけられたことに、早く気づきなさい」

そう言って、マサミは目を閉じた。

てっきり大金目当てで楠木と結託したと思い込んでいたが、マサミは純粋にパートナーが欲しかったのだ。

楠木に年上女の愛を受け入れろと迫るのは、ちょっと酷な話だが、それでも別れ際は気を使って欲しかった。絶頂から蹴り落とされたマサミの復讐のためにも、博多駅での身柄確保を成功させようと、夕香子もスマホで駅ホームの見取り図を確認する。

だが地図の読めない女は、どうひっくり返しても現場への想像が及ばなかった。


定刻通りに飛行機は福岡空港に到着した。

タクシーで博多駅に移動し、午後七時過ぎの新幹線ホームに七人が立つ。

「思ったより早く着いたわね。入場切符って時間制限があるんだっけ」

「そんなの、あとでなんとかなる。それより楠木の確保だよ。ここまで来たんだ、絶対に捕まえてやるから」

ひと眠りした啓治は、気力体力を復活させていた。

留学生三人はイベント気分で、きゃあきゃあと騒ぎながらホームの端から端までを二往復した。

「あなたたち、疲れちゃうわよ」

「新幹線にも乗りたかったです。帰りは新幹線にしようかな」

「かまわないわよ。正規料金を払ってるから、払い戻して新幹線で帰りなさいよ」

わあっと中国語で歓声を上げ、スマホでの撮影を始めた。

彼らを当てにしないほうがいいかもと、夕香子はグリーン車の停車位置を確かめた。それからホームを往復し、階段ひとつとエスカレーターふたつの降り口に立ってみる。

この三つを押さえればいいのだが、楠木は素顔を晒してくれるだろうか。メガネやマスクで顔を隠されたら、見逃してしまう恐れもある。

それでも自分らはピンと来そうだが、留学生たちは心もとない。周青麗は楠木と一度だけしか会っていないし、坊っちゃんはガードが甘すぎる。王萌佳は人質として長く楠木と過ごしていたかと、三ケ所を見張るためのペアに夕香子は頭をひねった。

「じゃあ、組み合わせを言うわね。趙季立さんは私と一緒にいてください。周青麗さんはマサミ先生とペア。残りのひと組は和佳奈と王萌佳さん。啓治はグリーン車の前で待って、楠木が出てきたら捕まえて」

「え、俺、ひとりで行動するの？」

「不安そうな声を出さないでよ」

「大西を起こして、連れてくればよかった」

「武器を持ってきたでしょ。いざとなったらクラッシュ靴下で殴ればいい」

「そんな物を持って、飛行機に乗れるわけがないだろ。それに人前で暴力行為ができるかよ。俺が警察に捕まる」

「じゃあ見つけたら、捕まえるか誰かに合図して。すぐに駆けつけるから」

ミッションが発令され、それぞれがポジションについた。

五分もしないうちに、のぞみ号が七時半に到着した。

やる気に満ちた留学生たちは車両出入り口に目を凝らし、付き添いのおばさんたちも腕組みをして乗客を確認する。

しかしこの新幹線では、楠木を見つけられなかった。

というより、乗客の多さと移動の早さに戸惑ったのだ。エスカレーター前に行列ができるが、意外にスムーズに列は解消した。階段は幅広く、乗客はサクサクと降りてしまう。焦って見送るうちに、新幹線のホームから降車客は消えてしまった。

夕香子は作戦を変更しようと、啓治に駆け寄る。

「全車両を見張るのはやっぱり無理。グリーン車に絞りましょう。早めに到着してよかった。じゃないとボケっと見送るハメになったかもしれない」

「グリーン車に決めつけて大丈夫かな。もし、普通車に乗っていたらアウトだぞ」

「賭けるしかない。グリーン車そばのエスカレーターに和佳奈と王萌佳を配置して、残りは車両の出入り口を見張る」

「黒のキャリーバッグだけに、注目させればいいんじゃないか」

「買い替えた可能性もあるでしょ。だって楠木だもん。それくらい考えそう」

「わかった。俺ら日本人は顔に注目する。留学生たちには、重そうなキャリーバッグを見張らせよう」

新たなミッションに留学生は張り切り、夕香子たちもグリーン車の客に目を凝らしたが、またも空振りだった。

二本分の乗客をただ見送っただけで終わり、焦りが生じ始める。

坊っちゃんと周青麗は飽きてしまい、ホームのベンチに座ってしまった。

「次のが来たら、ちゃんと立ちます」

「ジュース、飲んでもいいですか。お腹も空いた。あのお弁当、食べたいです」

「私も食べたい。次のまで二十五分くらいですよね。趙季立、ふたつ買ってきて」

坊っちゃんは言いつけどおりお使いに走り、ふたりはベンチに座って食べ始めた。

いいのかよと啓治が耳打ちする。

ここで叱ってもロクなことがないと、教師たちは好きにさせておいた。

優等生の王萌佳だけは大人に気を使い、いつでも動けるようベンチに浅く腰を掛けていた。和佳奈はお弁当を食べる中国人に近づき、ひと口ちょうだいとねだっている。

何となく想像できた成り行きであり、嘆きは必要ない。

「私たちがしっかりすれば大丈夫よ」

「そうそう。三億円のプレッシャーは仕草に現れるはず」

マサミの見立てに、そのとおりだと注目ポイントを絞って次の新幹線を迎えた。

この一本に楠木が乗っていなければ、皆の気力は萎えてしまう。

頼む、来いと念じながら、プシュッと開く自動ドアを睨みつけた。

軽装の客が去り、荷物を肩にする客がゆっくりと降りてくる。

そして大荷物に手間取る終盤の客の中に、マスク姿の男がいた。

最初に見つけたのは、マサミである。

同時に王萌佳が立ち上がり、動きに気づいた和佳奈が彼女の背中を追った。

両脇から女性たちが駆け寄り、夕香子と啓治がマスク男の前に立つ。

「騒ぐなよ。そのまま黙って、あのベンチのところへ歩け」

「おまえら、なんでここに……」

「あとでたっぷり説明してあげる。お荷物、お持ちいたします」

楠木は、おとなしく言うことに従った。

坊っちゃんが席を空け、和佳奈と周青麗がこれかとキャリーバッグを囲んだ。

「イヤな予感はしてたんだよ。全員集合だな」

「みんなで仲良く、分ければよかったのにね」

「そうだな。ひとりで持ち運ぶのはしんどかった」

どこかホッとしたように、楠木は自分の手から離れたキャリーバッグを見つめていた。和佳奈と周青麗が重い重いと引きずって遊んでいる。王萌佳は神妙な顔でやり取りを聞き、持ち主の坊っちゃんはガールフレンドの翻訳にぼんやりと耳を傾けていた。

「で、僕はどうなるんだ。警察に突き出すのかな」

奪還の依頼主は、眉を寄せて首を横に振る。

「警察、コワイ。行きません」

坊っちゃん個人が警察を怖がっているのか、中国人だから警察を嫌っているのか、聞いてみたい気がした。まあそれは後日にしようと、夕香子は楠木に向かい合う。

「持ち主が行かないって言ってるから、警察はナシ。私たちは、彼にそのお金を取り返すよう頼まれたの。だからこれでミッションは終了。盗んだ人間をどうするかは、彼に直接確認して」

楠木は再び趙季立を見たが、日本語がよくわからない坊っちゃんは手を横に振るばかりだった。

「お金も戻ったし、アンタはどうでもいいみたいね。さて、次はマサミさんだけど」

名指しされたマサミはうつむき、それから自分を捨てた男の顔を見つめた。

そのまま、一分ほどが過ぎた。

皆が静かに見守るなか、腕を持ち上げペチっと軽くほおを叩く。

「これで充分よ。いろいろ楽しませてもらったからね」

そして背を向け、和佳奈たちと一緒にスーツケースを囲んだ。マサミはにぎやかな女子の会話に、寂しさを紛らわせているようだった。

「これでおしまいか。意外にあっけなかったな」

「あの録画から二週間か。あっちこっち移動してた大金は、結局、元の持ち主に戻ったってことね」

「俺たち、いったい何やってたんだろうな」

確かにと、楠木を真ん中に三人はベンチに座った。三億円を目にしてテンションを上げげたのは最初だけであり、その後は振り回されてばかりだったと旧友たちは自虐的に笑う。

「よかったな。坊っちゃんが無罪放免にしてくれて」

「警察を怖がる中国人青年でラッキーだったわね。国策の違いに救われたって感じかしら」

そうかと返事をした楠木は、最初に振り込まれた金も返すと申し出る。

「おまえらからの入金にも、手を付けていないんだ。どうすればいいかな」

チラリと趙季立を見ると、新幹線をバックに記念撮影していた。大金が入ったスーツケースの横には、マサミしか立っていなかった。ピースサインで笑う彼は、もう発端の窃盗など覚えていないような気もする。

「とりあえずそのままにしておけ。ほとぼりが冷めたら生活費の足しにしろ」

「いいのかな」

「もう月も変わってるし。あの坊っちゃんは、いちいち残高チェックなんかしないでしょ」

助かると、楠木がしみじみ言う。

それから父親の病気のことを語りだした。

「離婚で慰謝料が必要な上に、親父が入院しちゃってさ。仕事も激減してテンパってたところに、大金を匂わされて。悪かった。本当にどうかしてた」

「お父様、そんな深刻な状況なの？」

「大腸ガンなんだ。ステージは1か2か、もしくは3か4らしい」

それは大変だと、啓治が成功報酬の話をしそうになった。確約できない金をチラつかせてはマズイと、夕香子が楠木を振り向かせる。

「ちゃんと病状を確認しなさい。あと、ガンガン営業すること。楠木、いい仕事してたじゃない。アンタはまだまだやれる。しれっとカッコつけてないで、頭下げて仕事をつかみに行きなさいよ」

「それ、通じるかな」

「通じさせるしかないでしょ。他人の金で解決しようなんて、情けなさすぎ。それに慰謝料はよくわかんないけど、医療費は安く上げられる制度もあるから。東京に戻ったら、ネットで調べてみて。部屋のパソコン、まだ新しかったじゃない」

「そうだったな。仕事のために買い替えたんだろ。新品のパソコンを使い潰せよ。そうすれば、次の買い替えの頃には金も貯まってるってもんだ」

両サイドから励まされた楠木は、やってみると小さくつぶやく。

それから立ち上がり、別れの言葉を探したがうまく出てこなかった。礼か謝罪かで迷ったようだが、彼は前向きなほうを選んでくれた。

「ありがとう。罪を免れたのも、おまえらのおかげなんだよな」

「感謝してよね。楠木のせいで無茶苦茶な目にあったんだから」

「だからしっかり働け。で、また飲もうぜ。おまえのおごりでな」

わかったと、旧友が一歩踏み出す。

マサミの後ろ姿に頭を下げ、そしてひとりホームから去っていった。

残された七人はスマホで検索し、駅前のビジネスホテルに宿を取った。

キャリーバッグから目を離すわけにもいかず、ホテル室内でのささやかな宴会となる。国際交流は一瞬で終わり、結局、それぞれの国に分かれての飲み会となった。

「それにしても、よく飲むわね」

「内臓にも国力の差が出始めているんだよ。いいなあ、楽しそうで」

未成年の飲酒をどうすべきか迷ったが、中国では十八歳から成人だと聞いている。だから大丈夫だろと放っておいたが、本当はダメなのよねとマサミが教えてくれた。

「外国人にも日本の法律が適用されるの。だから彼らは、違法行為をしてるってわけ」

「やだ。じゃあ池袋での飲酒も、叱らなきゃいけなかったんだ」

「今夜はもう仕方ないから。絶対にホテルから出さないようにしましょう」

ほろ酔いのマサミが、教え子たちに目を細める。そして彼らともお別れかと、しんみりため息をついた。

「本当に、日本語学校を辞めちゃうんですか?」

「事務員と教員相手に、さんざん吹いちゃったからね。結婚するとか、新婚旅行は海外だとか。もう恥ずかしくて顔を出せないわ」

そういえばと、女子職員らの嫉妬顔を思い出す。話を合わせておきますよと言うと、マサミは素直に感謝した。ずいぶんといい人になってしまった彼女は、この旅行が終わったら職探しだと伸びをする。

「明日からの温泉旅行で、あの子たちといっぱい思い出を作らなきゃね。由布院なんて初めてだし、坊っちゃんのおごりで飲み食いできるんだから最高よ」

「ウソ。俺たち、誘われてないぞ」

「明日のチェックアウトのときにでも頼めば？　予算は帯封を解いた百万円の残りだし、余裕で参加できるでしょ」

やったと喜ぶ啓治に、大金入りキャリーバッグはどうするのと夕香子が指差す。

「あれと一緒に動き回るなんて、もう勘弁よ」

「趙季立に返したんだから、どうなろうが知ったことじゃないだろ」

「絶対に無くす。それできっと大騒ぎになる。さっさと帰ったほうが無難よ」

「仕方ないな。ところで今夜は、誰があのスーツケースと寝るんだ？」

誰も引き取りたがらず、夕香子と啓治の部屋に置くこととなった。

●十五日目

翌朝、チェックアウトタイムの午前十時に全員がロビーに集合した。

ようやく大金から解放だと、キャリーバッグを趙季立に渡そうとしたが、彼はまたも首を横に振る。

「これから九州旅行ですから。そんな重いカバン、持ちたくありません」

「だからって、どうするんだよ。俺らはもう東京に戻るんだし」

「じゃあ、一緒に持って帰ってください。そして預かってください。僕が東京に帰ったら、部屋に持って来てください」

勝手な命令に、ふたりはどうしようかと顔を見合わす。太っ腹な坊っちゃんは、一日五万円の保管料を出すと言ってくる。それならと、啓治が嬉々として承諾してしまった。

「カバンを僕の部屋に持ってきたとき、お金を確認します。奪還の成功報酬は、パパに確認してからです。パパがあげてもいいと言ったら、差し上げますよ」

「さすが坊っちゃん、約束を覚えていてくださったんですね」

保管料に成功報酬と、貧乏人ふたりに金が寄ってくる。

マサミら女子たちは離れたところで、観光パンフレットを手にはしゃいでいた。もしかして超ラッキーが舞い込んでくるかもと、夕香子はキャリーバッグの取っ手を握りしめる。

「このカバンの中身なんだけど、楠木がマサミ先生に二千万円あげちゃったの。そのうちの百万円は九州行きの経費と、あなたたちの旅行代ね。あと大西くんにも、手間賃として一千万円を渡したの。だから二億七千万円に減ってるって状態なんだけど」

「それくらい、どうでもいいです。では、お願いしましたよ」

どうでもいいのかと、女子の輪に去っていった坊っちゃんを眺めた。

夕香子と啓治は新幹線で東京に戻り、最低限の外出にとどめて彼らの旅行終了を待った。


一週間後、趙季立の部屋にキャリーバッグを持参した。

成功報酬は、パパにダメだと言われたから払えないとのこと。

なんとなく想像していただけに、気にするなと答えておいた。保管料として手渡された三十五万円だけでも充分だと、ふたりは部屋に戻る。

タンス預金にしようと引き出しの奥に突っ込むと、何かのかたまりが手に触れた。

取り出すと、札束ふたつである。

「あれだよ。マサミのウエストポーチに突っ込んだけど、全部入らなかったんだよな」

「そうだった。おまえらにやるって、楠木が渡してきたのよね」

「ドタバタしてたから、忘れてたな」

「坊っちゃん、バッグの中身を見ないでそのまま受け取っちゃったから。彼の部屋でお金を確認したら、二百万円足りないって気づいたのに」

どうしようかと、ふたりはニヤつきながらふたつの札束を見つめる。

彼に言われるまでは、すっとぼけようと引き出しの奥に戻した。

翌年の春、坊っちゃんたちは無事日本語学校を卒業した。大学生活が楽しいらしく、ラインでの連絡もぱったりと途絶えた。少し寂しい気もしたが、ほとぼりが冷めた証拠でもある。やった乗り切ったと、引き出しから札束ふたつを取り出してみた。

何を買おうかと盛り上がったが、ささやかな物品しか思いつかない。買うとしても、すぐじゃなくてもいいような物ばかりだった。しかし初っ端の使いみちは大切にしたいと、久しぶりに三億円運搬の思い出話を語り合った。

楠木に会おうかと意見が一致し、夕香子と啓治は札束から数枚を抜き取った。

〈解説〉意外な展開がテンポよく連続する犯罪コメディ

村上貴史（書評家）

■このミス大賞／隠し玉

東山彰良《ひがしやまあきら》に柚月裕子《ゆづきゆうこ》、降田天《ふるたてん》に辻堂《つじどう》ゆめ。彼等は、直木賞や日本推理作家協会賞、大藪春《おおやぶはる》彦《ひこ》賞などを受賞した作家だ。さらには、海堂尊《かいどうたける》や中山七里《なかやましちり》といったベストセラー作家、近年では、その著作が二作連続で「月９」枠でドラマ化されるというフジテレビ史上初の快挙を達成した新川帆立《しんかわほたて》。これら全員が全員、『このミステリーがすごい！』大賞で大賞や優秀賞を受賞した作家なのである。

二〇回という歴史のなかで、これだけ多くの、かつ息の長い人気作家を生み出し続けていた『このミステリーがすごい！』大賞には、もう一つ、ユニークな制度がある。賞には選ばれなかったものの、将来性を感じた作品を、著者と協議のうえ全面的に改稿し、編集部推薦として刊行する〝隠し玉〟だ。

こちらも錚々《そうそう》たる書き手が揃《そろ》っている。〝隠し玉〟が映画化された上甲宣之《じょうこうのぶゆき》『そのケータイはＸＸ《エクスクロス》で』や志駕晃《しがあきら》『スマホを落としただけなのに』、あるいは〝隠し玉〟がシリーズ化されて人気を博した七尾与史《ななおよし》や高橋由太《たかはしゆた》、そして岡崎琢磨《おかざきたくま》や山本功次《やまもとこうじ》。さらにさらに、「夫の骨」日本推理作家協会賞短編部門を受賞した矢樹純《やぎじゅん》も〝隠し玉〟出身だ。受賞者にいずれ劣らぬ活躍である。

いささか前置きが長くなったが、本江ユキの『坊っちゃんの身代金』は、そんな『このミステリーがすごい!』大賞の、そして〝隠し玉〟の系譜に、新たに連なった一冊である。要するに、〝今後の大飛躍を期待してよい〟ということだ。

■序盤／中盤

正社員の職を上司との衝突で放り出したものの、再就職がうまく行かず、日本語学校でアルバイト講師をしている金井夕香子《かないゆかこ》。三〇歳になる彼女は、同い年の大原啓治《おおはらけいじ》と同棲している。啓治も夕香子同様、元正社員にして現不正規雇用者だ。金銭的に全くゆとりがない彼等の目の前に、その夏、ある誘惑が不意に現れた。夕香子の教え子の一人、中国人留学生の趙《ちょ》季立《うきりっ》の金である。

リモート授業の際、夕香子は、大金持ちの息子である趙季立が二〇〇万円程度の金には無頓着であることを知った。それだけではない。彼のIDとパスワードも偶然目にしてしまったのだ。啓治とともにその情報を用いて趙季立の銀行口座を覗いたところ、残高はなんと三億円以上。驚くと共に、二人は誘惑に囚われてしまう。このお金、三万円くらい戴《いただ》いたところで、中国から来た坊っちゃんは気付かないのではなかろうか……。

かくして『坊っちゃんの身代金』という小説が走り始めるのである。

まずは、〝三万円くらい戴く〟ところから。二人が入手したＩＤとパスワードだけでは、残高を見ることはできても、預金を移動させることはできない。それにはもう一段階高いセキュリティを突破しなければならないのだ。具体的には、追加のパスワード情報を生成する装置（トークン）を手に入れなければならない。趙季立の部屋にあるこのトークンをいかに奪取するか。本書を読み始めて早々に、読者はこのチャレンジを体験することになる。快調な出足といえよう。

そのチャレンジの先においても、著者は矢継ぎ早に仕掛けを繰り出す。まずは、夕香子と啓治の〝ズレ〟だ。二人の間で、欲望の度合いやリスク意識が少しばかり異なっているのだ。夕香子は三万円をターゲットとしていたのに対し、啓治はもう少し欲張る。欲張って独走してしまう。夕香子には事後報告だ。結果として事態は、夕香子の計算とは異なるかたちに変化してしまう。啓治が欲張った金の振込先として利用した彼の友人と後輩が、この件に首を突っ込んできてしまったのである……。

要約するならば、〝ＩＤとパスワードがリモート講義の画面に映ってしまった〟という偶然の出来事に夕香子の欲が重なり、啓治の欲が重なり、さらに友人と後輩のそれぞれの欲が重なり、事態は暴走し始めたということだ。ついでに後輩の彼女の欲も重なってきて、さらに制御は困難になる。本書では、こうした具合に事態がトントントンと変化していくため、読者は強い興味を抱いたままページをめくり続けることになるのだ。また、登場人物たちの行動がコメディ色で彩られているため、なおいっそうページをめくる手は軽くなる。

　さらに、坊ちゃんの側でも動きがある。その詳細は本書で確認して戴きたいのだが、結果として、三万円程度ではなく、三億円の現金が動くことになる。それも、誘拐事件の身代金というかたちでだ。

　しかも——ここがまったくもって異形なのだが——その三億円を、夕香子たちが運ぶ羽目《はめ》に陥るのである。大切なところなので丁寧に書いておくと、三億円の現金がいったん夕香子の住む部屋に送られてきて、それを〝犯人〟の指示に従って、夕香子や啓治が運ぶのだ。一体なにがどうなればこんな状況が発生するのか。この状況を作り上げた著者の脳に拍手を。

　その後も、三億円の移動に加えて、夕香子の周囲の面々と坊ちゃん側の面々の間で、新たに手を組む者が出てきたり裏切る者が出てきたりと合従連衡《がっしょうれんこう》が続き、その度に局面が変化する。本書の序盤で見せたスタートダッシュの勢いのままに、中盤から後半へと突っ走っていくのだ。

　その疾走が、まずまず〝ゆるい〟ということも、欠点ではなく特徴として指摘しておこう。そもそも彼等は〝ゆるい〟性格のまま成り行き任せに今回の犯行に及んだようなものだし、その後、計算外の展開になったのも犯行計画や情報の管理がゆるかったからだ。そんな夕香子と啓治だけに、三億円が手元にある状態であっても、ゆるいままだ。この〝ゆるさ〟はいっそ清々《すがすが》しい——ように思う。

　そして終盤と結末だが、ここについては後述。それに先だって、『このミステリーがすごい！』大賞の選考過程でのコメントを振り返っておくとしよう。

■二次選考／最終選考

『このミステリーがすごい！』の選考は、一次、二次、最終という三段階で行われる。一次でこの作品を選考したのは私で、愉しく読ませて戴いて二次に推した。二次では、大森望《おおもりのぞみ》と千街晶之《せんがいあきゆき》、そして私の三名で討議して最終選考に残す作品を決めるのだが、『坊ちゃんの身代金』（応募時は『坊ちゃんのご依頼』）も無事ここを通過した。そして最終選考として大森望、香山二三郎《かやまふみろう》、瀧井朝世《たきいあさよ》による討議が行われ、残念ながら、本作は受賞を逃した。ちなみに大賞受賞作は南原詠《なんばらえい》の『特許やぶりの女王　弁理士・大鳳未来』（応募時は『バーチャリティ・フォール』）であり、文庫グランプリは鴨崎暖炉《かもざきだんろ》の『密室黄金時代の殺人　雪の館と六つのトリック』（応募時は『館と密室』）であった。

この二次選考及び最終選考での選考委員の指摘を読むと、本書の特徴が浮かび上がってくる（宝島社のサイトで全文を読むことができるので、詳細はそちらをご参照戴きたい）。

二次選考の段階では、千街晶之が選評を残している（大森は最終選考委員も兼ねているので選評では言及せず、私は一次の選評で詳述したので二次では言及せず、だった）。千街のコメントは相当に辛口で、〝登場人物たちが薄っぺらすぎ〟〝全くのめり込めなかった〟というもの。それでも本作は、大森のそこそこの好評価と私の高評価があり、二五作の二次選考対象において上位八作に含まれるとの結論に達し、最終選考進出を果たした。

最終選考の選評においては、大賞を受賞する『バーチャリティ・フォール』が圧倒的高評価だったせいもあり、千街同様辛口の意見が多く並んでいる。大森は、現代性や三億円の扱いのユニークさを指摘しつつ、〝事件の発端部分に無理がある〟と述べており、香山は、序盤から三億円の騒動になるあたりまでを〝驚愕《きょうがく》の展開〟と認めるも、〝真相はご都合主義的な方へ流れていってしまう〟と苦言を呈し、〝こういう話ならもっと生臭いというかノワールな味付けにしたほうがよかった気が〟と改善案を示す。瀧井からは肯定的な言葉はなく、〝ここまでバカバカしい話を展開させるなら、もっと全体的にスラップスティック度を高めたらよいのにと感じる〟〝強烈な個性の持ち主などを登場させ〟などの改善案列挙に止《とど》まっていた。

ここで改めて念押ししておきたいのだが、最終選考に残るということは、作品の基礎体力が優れていることの表れである。前述の各委員の指摘も、それが前提になっていることは忘れないでいただければと思う。〝隠し玉〟に選ばれたとなればなおさらだ。

というわけで、その前提をふまえて各委員のコメントを読み解くならば、千街や瀧井の登場人物に関するコメントは、前述した〝ゆるさ故《ゆえ》の清々しさ〟と、おそらく表裏一体の指摘であろう。また、大森が発端に、香山が真相に満足していないが、贔屓目《ひいきめ》に理解するならば、それぞれが結末や発端は許容していると読める（特に香山は発端に関しては驚愕の展開と述べている）。そのうえで、香山と瀧井が、それぞれ〝ノワール〟〝スラップスティック〟と改善案を示しているが、これは本作が中庸《ちゅうよう》で穏やかであることに不満を覚えたのだろう。実際のところ、そのどちらの極端にも振りきっていないのは確かなのだが、それを評価軸とするのではなく、〝ゆるさ〟のなかでも意外な展開がテンポよく連続する点を、解説者としては評価したい。それこそが本書の魅力だと思うのだ。なおかつこの魅力は普遍的なものでもあると認識する。

■終盤／結末

そして終盤と結末である。序盤中盤と意外な展開を繰り返しながらテンポよく走ってきたこの作品は、最後の最後までその流れで走りきってしまう。意外性／テンポ／ゆるさの絶妙なバランスをきっちりと保持したままに。

この殺伐《さつばつ》としたご時世、中庸で穏やかであることに温もりを感じ、ゆるさに清々しさを感じつつ、テンポよく繰り出される意外な展開に身を任せてみるのも、それはそれで素敵な読書である。選考時に読み、さらに今回読み直して、改めてそう感じた。

二〇二二年七月

この物語はフィクションです。実在する人物、団体等とは一切関係ありません。

宝島社
文庫

坊っちゃんの身代金
（ぼっちゃんのみのしろきん）

2022年8月18日　第1刷発行

著　者　本江ユキ
発行人　蓮見清一
発行所　株式会社 宝島社
〒102-8388　東京都千代田区一番町25番地
電話：営業 03(3234)4621／編集 03(3239)0599
https://tkj.jp
印刷・製本　中央精版印刷株式会社

ISBN 978-4-299-03256-0